ARSÈNE LUPIN

MAURICE LEBLANC

ARSÈNE LUPIN
E A GAROTA DE OLHOS VERDES

Tradução
Francisco José
Mendonça Couto

Principis

Esta é uma publicação Principis, selo exclusivo da Ciranda Cultural
© 2021 Ciranda Cultural Editora e Distribuidora Ltda.

Traduzido do original em francês
La demoiselle aux yeux vert

Texto
Maurice Leblanc

Tradução
Francisco José Mendonça Couto

Revisão
Fernanda R. Braga Simon

Produção editorial
Ciranda Cultural

Diagramação
Linea Editora

Design de capa
Ciranda Cultural

Imagens
alaver/shutterstock.com;
alex74/shutterstock.com;
YurkaImmortal/shutterstock.com;
Oleg Lytvynenko/shutterstock.com

Dados Internacionais de Catalogação na Publicação (CIP) de acordo com ISBD

L445a	Leblanc, Maurice
	Arsène Lupin e a garota de olhos verdes / Maurice Leblanc ; traduzido por Francisco José Mendonça Couto. - Jandira : Principis, 2021. 224 p. ; 15,5cm x 22,6cm. - (Clássicos da literatura mundial)
	Tradução de: La demoiselle aux yeux vert ISBN: 978-65-5552-458-1
	1. Literatura francesa. I. Couto, Francisco José Mendonça. II. Título. III. Série.
	CDD 840
2021-1332	CDU 821.133.1

Elaborado por Vagner Rodolfo da Silva - CRB-8/9410

Índice para catálogo sistemático:
1. Literatura francesa 840
2. Literatura francesa 821.133.1

1ª edição em 2021
www.cirandacultural.com.br
Todos os direitos reservados.
Nenhuma parte desta publicação pode ser reproduzida, arquivada em sistema de busca ou transmitida por qualquer meio, seja ele eletrônico, fotocópia, gravação ou outros, sem prévia autorização do detentor dos direitos, e não pode circular encadernada ou encapada de maneira distinta daquela em que foi publicada, ou sem que as mesmas condições sejam impostas aos compradores subsequentes.

SUMÁRIO

... e a inglesa de olhos azuis 7

Investigações 24

O beijo na sombra 35

Assalto à Villa B... 54

O terra-nova 67

Entre as folhagens 80

Uma das bocas do inferno 99

Manobras e dispositivos de batalha 113

Irmã Anne, vê alguma coisa vindo? 129

Palavras que valem por atos 149

Sangue 164

A água que sobe 182

Nas trevas 199

A Fonte de Juventa 213

... E A INGLESA DE OLHOS AZUIS

Raoul de Limézy flanava alegremente pelos bulevares, como um homem feliz que aproveitava bem a vida apenas observando os espetáculos encantadores e a alegria brejeira que Paris oferece em certos dias luminosos de abril. De porte mediano, tinha uma silhueta ao mesmo tempo esbelta e forte. Na altura dos bíceps, as mangas de seu casaco se inflavam, e o torso se impunha acima de uma cintura fina e flexível. O corte e os tons de suas roupas indicavam um homem que dá importância à escolha dos tecidos.

Contudo, como passava diante do Theâtre du Gymnase, teve a impressão de que um senhor, que andava a seu lado, seguia uma senhora, impressão essa que logo pôde comprovar ser exata.

Nada parecia mais cômico e mais divertido a Raoul do que um senhor seguindo uma senhora. Ele seguiu, portanto, aquele senhor que seguia a senhora, e os três, uns atrás dos outros, a distâncias convenientes, vagueavam ao longo dos movimentados bulevares.

Era preciso ter toda a experiência do barão de Limézy para poder adivinhar que o senhor seguia aquela senhora, porque o senhor agia com discrição de cavalheiro, de modo que a senhora nada percebesse. Raoul de Limézy foi discreto também e, misturando-se aos transeuntes, apressou o passo para ter uma visão exata das duas personagens.

Visto de costas, o senhor se distinguia por uma risca impecável que dividia seu cabelo negro e engomado, e por uma postura, igualmente impecável, que valorizava os largos ombros e o alto porte. Visto de frente, exibia uma figura correta, que apresentava uma barba cuidada e uma tez fresca e rosada. Trinta anos, talvez. Segurança no andar. Importância no gestual. Vulgaridade no aspecto. Anéis nos dedos. Uma biqueira de ouro no cigarro que fumava.

Raoul apressou-se. A senhora, alta, resoluta, de aparência nobre, pisava firmemente com seus pés de inglesa, compensados por pernas graciosas e tornozelos delicados. O rosto era muito bonito, iluminado por admiráveis olhos azuis e por uma pesada massa de cabelos loiros. Os transeuntes paravam e se viravam. Ela parecia indiferente a essa homenagem espontânea da multidão.

"Caramba, que aristocrata!", pensou Raoul. "Ela não merece ser seguida por esse engomadinho. O que ele é? Marido ciumento? Pretendente descartado? Ou, antes, um bonitão tolo e pretensioso em busca de aventura? Sim deve ser isso. O senhor tem realmente a estampa de um homem endinheirado que se crê irresistível."

Ela atravessou a Place de l'Opéra sem se preocupar com os veículos que a atravancavam. Um caminhão puxado a cavalo quis barrar sua passagem: calmamente, ela agarrou as rédeas do animal e o imobilizou. Furioso, o condutor saltou de seu assento e a insultou muito de perto; ela lhe desferiu no nariz um pequeno golpe com o punho que lhe arrancou sangue. Um agente da polícia pediu explicações: ela virou as costas e se afastou tranquilamente.

Rue Auber, dois garotos brigando, ela os agarrou pelo colete e os pôs para correr uns dez passos. Depois atirou a eles duas moedas de ouro.

Boulevard Haussmann, ela entrou em uma confeitaria, e Raoul viu de longe que ela se sentou a uma mesa. Já que o senhor que a seguia não entrou, ele penetrou lá e tomou um lugar de modo que ela não pudesse notá-lo.

Ela pediu chá e quatro torradas, que devorou com seus dentes magníficos.

Seus vizinhos a observavam. Ela permaneceu imperturbável e fez com que lhe trouxessem mais quatro torradas.

Mas uma garota, sentada mais longe, também atraía a curiosidade. Loira como a inglesa, com cachos ondulados no cabelo, menos ricamente vestida, mas com um gosto mais parisiense, estava rodeada de três crianças pobremente vestidas, às quais distribuía doces e garrafinhas de suco de romã. Ela as havia encontrado na porta e se regalava com a alegria evidente de ver os olhos das crianças se encher de prazer e suas bochechas se sujar de creme. Estas não ousavam falar e se empanturravam à vontade. Porém, mais criança do que elas, a garota se divertia infinitamente e dizia a todas: "O que é que se diz à senhorita...? Mais alto... Não estou ouvindo... Não, não sou uma senhora... Devem me dizer: Obrigado, senhorita...".

Raoul de Limézy foi logo conquistado por duas coisas: a alegria feliz e natural do rosto dela, e a profunda sedução dos grandes olhos verde-jade, raiados de ouro, e dos quais não se podia tirar os olhos uma vez ali fixados.

Tais olhos são comumente estranhos, melancólicos ou pensativos, e essa era talvez a expressão daqueles. Mas ofereciam naquele instante a mesma radiância de vida intensa que o restante do rosto, que a boca maliciosa, que as narinas frementes e as faces de covinhas sorridentes.

"Alegrias extremas ou dores excessivas, não há meio-termo para essa espécie de criatura", pensou Raoul, que sentiu o súbito desejo se influenciar por aquelas alegrias ou de combater aquelas dores.

Virou-se para a inglesa. Ela era verdadeiramente bela, de uma beleza forte, feita de equilíbrio, de proporção e de serenidade. Mas a senhorita de olhos verdes, como ele a chamava, fascinava-o ainda mais. Ao se admirar uma, desejava-se conhecer a outra, penetrar no segredo de sua existência.

Ele hesitou, no entanto, assim que ela acertou sua conta e se foi com as três crianças. Deveria segui-la? Ou ficar ali? Quem o conduziria? Os olhos verdes? Os olhos azuis?

Levantou-se precipitadamente, jogou o dinheiro no balcão e saiu. Os olhos verdes o conduziam.

Um espetáculo imprevisto o atingiu: a senhorita de olhos verdes conversava na calçada com o bonitão que meia hora antes seguia a inglesa como um amante tímido ou ciumento. Conversa animada, fervorosa de uma e de outra parte, e que mais parecia uma discussão. Era visível que a garota procurava passar e o bonitão a impedia, e era também visível que Raoul chegara ao ponto, contra toda conveniência, de interferir.

Não teve tempo. Um táxi parou diante da confeitaria. Um senhor desceu e, vendo a cena na calçada, acorreu até lá, levantou sua bengala e, de um golpe de voleio, fez voar o chapéu do bonitão engomadinho.

Estupefato, este recuou, depois se precipitou, sem se preocupar com as pessoas que se atropelavam.

– Mas o senhor é louco! O senhor é louco! – preferiu ele.

O recém-chegado, que era menor e mais velho, colocou-se na defensiva e, com a bengala levantada, gritou:

– E o proíbo de falar com essa garota. Sou o pai dela, e lhe digo que o senhor não é senão um miserável, sim, um miserável!

Havia entre um e outro como que um frêmito de ódio. O bonitão, insultado, abaixou-se, pronto para saltar sobre o recém-chegado, a quem a garota puxava pelo braço e tentava entrar no táxi.

Conseguiu separá-los e tomou a bengala do senhor quando, de repente, encontrou-se frente a frente com uma cabeça que surgia entre ele

ARSÈNE LUPIN E A GAROTA DE OLHOS VERDES

e seu adversário, uma cabeça desconhecida, estranha, cujo olho direito piscava nervosamente e de cuja boca, enviesada por uma careta de ironia, pendia um cigarro.

Era Raoul, que se erguia assim e articulava, como voz rouca:

– Tem fogo, por favor?

Pedido verdadeiramente inoportuno. O que queria, porém, o intruso? O engomadinho relutou.

– Deixe-me tranquilo, ora! Não tenho fogo.

– Mas tem sim! Há pouco você fumava – afirmou o intruso.

O outro, fora de si, tentou afastá-lo. Não conseguindo, e não podendo nem mesmo mexer os braços, baixou a cabeça para ver que obstáculo o entravava. Parecia confuso. As duas mãos do senhor seguravam seus punhos de tal maneira que não conseguia fazer nenhum movimento. Um torno de ferro não o teria deixado mais paralisado. E o intruso não cessava de repetir, em um tom tenaz, obsessivo:

– Fogo, por favor. Será que é tão miserável que vai me recusar fogo?

As pessoas riam em volta. O bonitão, exasperado, proferiu:

– Vai ficar me aborrecendo, hein? Já disse que não tenho.

O senhor balançou a cabeça com um ar melancólico.

– O senhor é bem mal-educado. Jamais se recusa fogo a quem lhe pede tão cortesmente. Mas, já que tem tanta má vontade para me prestar um serviço…

Soltou seu agarrão. O bonitão, libertado, apressou-se. Mas o carro acelerava, levando seu agressor e a senhorita de olhos verdes, e foi fácil ver que o esforço do engomadinho seria em vão.

"Tanta coisa para nada", disse a si mesmo Raoul, vendo-o correr. "Banco o Dom Quixote em favor de uma bela desconhecida de olhos verdes, e ela se esquiva, sem me dar seu nome nem seu endereço. Impossível encontrá-la. E então?"

Então, decidiu retornar à inglesa. Ela se afastou rapidamente, depois de sem dúvida assistir ao escândalo. Ele a seguiu.

Raoul de Limézy se encontrava em um desses momentos em que a vida está de algum modo suspensa entre o passado e o futuro. Um passado, para ele, repleto de acontecimentos. Um futuro que se anunciava igual. No meio, nada. E, nesse caso, quando se tem trinta e quatro anos, é a mulher que parece ter na mão a chave de nosso destino. Uma vez que os olhos verdes haviam se desvanecido, ele regularia seu passo incerto pela clareza dos olhos azuis.

Contudo, quase imediatamente, tendo fingido tomar outro caminho e recuando sobre os próprios passos, ele percebeu que o bonitão de cabelo engomado estava de novo à caça e, rejeitado de um lado, lançava-se, como ele, de outro. E os três recomeçariam a passear sem que a inglesa pudesse perceber as manobras de seus pretendentes.

Ao longo das calçadas abarrotadas, ela andava flanando, sempre atenta às vitrines e indiferente aos cumprimentos recebidos. Ela chegou assim à Place de la Madeleine, e pela Rue Royale alcançou o Faubourg Saint-Honoré, até o Grand Hôtel Concordia.

O bonitão parou, deu alguns passos, comprou um pacote de cigarros, depois entrou no hotel, onde Raoul o viu conversar com o recepcionista. Três minutos mais tarde, saiu, e Raoul se dispôs igualmente a questionar o recepcionista sobre a jovem inglesa de olhos azuis, quando ela transpôs o saguão e subiu em um carro para onde haviam levado uma pequena mala. Estaria saindo de viagem?

– Motorista, siga aquele carro – disse Raoul, que chamara um táxi.

A inglesa fez compras e, às oito horas, desceu diante da Gare de Lyon e, instalando-se no bufê, pediu uma refeição.

Raoul se sentou a distância.

O jantar acabou, ela fumou dois cigarros, depois, por volta das nove e meia, encontrou diante dos guichês um empregado da Companhia Cook, que lhe deu sua passagem e seu registro de bagagens. Depois disso, tomou o trem expresso das nove e quarenta e seis.

– Cinquenta francos – ofereceu Raoul ao empregado – se você me disser o nome dessa senhora.

– Lady Bakefield.

– Aonde ela vai?

– A Monte Carlo, senhor. Está no vagão número 5.

Raoul refletiu, e então se decidiu. Os olhos azuis valiam a viagem. E, afinal, foi seguindo os olhos azuis que ele tinha conhecido os olhos verdes, e podia-se talvez pela inglesa reencontrar o bonitão, e pelo bonitão chegar aos olhos verdes.

Voltou, comprou uma passagem para Monte Carlo e se precipitou para a plataforma.

Avistou a inglesa no alto dos degraus de um vagão, deslizou no meio das pessoas e a reviu, através das janelas, de pé, desabotoando o casaco.

Havia muito pouca gente. Era alguns anos antes da guerra, no fim de abril, e esse expresso, muito incômodo, sem vagões-leito nem restaurante, levava até o Midi[1] poucos passageiros de primeira classe. Raoul só contou dois homens, que ocupavam a cabine situada na frente desse mesmo vagão número 5.

Ele passeou pela plataforma, bem longe do vagão, alugou dois travesseiros, abasteceu-se de jornais e folhetos na biblioteca rolante e, depois de um apito, de um salto, escalou os degraus e entrou na terceira cabine, como qualquer um que chegasse no último minuto.

A inglesa estava só, junto à janela. Ele se instalou no banco oposto, mais perto do corredor. Ela levantou os olhos, observou aquele intruso que não oferecia nem mesmo a garantia de uma mala ou de um pacote, e, sem parecer afetar-se, ocupou-se em comer enormes bombons de chocolate que tirava de uma grande caixa aberta sobre os joelhos.

---

[1] Literalmente significa "meio-dia", meridiano ou meridional, relativo ao Sul. É o nome dado ao sul da França. (N.T.)

Passou um fiscal e perfurou as passagens. O trem se apressava rumo aos subúrbios. As luzes de Paris se espaçavam. Raoul percorreu distraidamente os jornais e, não vendo nada de interessante, deixou-os de lado.

"Nada de novo", disse a si mesmo. "Nenhum crime sensacional. Como esta jovem é cativante!"

O fato de se encontrar a sós, em um pequeno espaço fechado, com uma desconhecida, sobretudo bonita, de passar a noite junto e de dormir quase lado a lado parecia-lhe sempre uma anomalia mundana que o divertia muito. Também estava determinado a não perder tempo com leituras, meditações ou olhares furtivos.

Sentou-se mais próximo. A inglesa evidentemente devia adivinhar que seu companheiro de viagem se dispunha a lhe dirigir a palavra, e nem se dignou a transparecer que percebeu. Cabia, pois, a Raoul fazer, por sua conta, todo o esforço para travar relações. Isso não o deteve. Em um tom infinitamente respeitoso, articulou:

– Seja qual for a incorreção de meu procedimento, peço-lhe permissão para adverti-la de uma coisa que pode ter importância para a senhorita. Permite-me que eu lhe dirija algumas palavras?

Ela escolheu um chocolate e, sem voltar a cabeça, respondeu brevemente?

– Caso se trate mesmo de apenas algumas palavras, senhor, sim.

– Vamos lá, senhora…

Ratificou…

– Senhorita…

– Vamos lá, senhorita. Sei, por acaso, que foi seguida durante toda a tarde, de maneira equívoca, por um senhor que se escondia da senhorita e…

Ela interrompeu Raoul:

– Seu procedimento é, com efeito, de uma incorreção que me espanta por parte de um francês. O senhor não tem permissão de vigiar as pessoas que me seguem.

– É que esse me pareceu suspeito...

– Esse, que eu conheço, e que me foi apresentado no ano passado, o sr. Marescal, tem ao menos a delicadeza de me seguir de longe e não invadir minha cabine.

Raoul, espicaçado, inclinou-se:

– Bravo, senhorita, golpe certeiro. Não digo mais nada.

– O senhor não tem mais nada a dizer, com efeito, até a próxima estação, onde o aconselho a descer.

– Mil desculpas. Meus negócios me chamam em Monte Carlo.

– Eles só o chamaram depois que soube que eu ia.

– Não, senhorita – disse Raoul claramente... – mas, depois que eu a notei, mais cedo, em uma confeitaria, no Boulevard Haussmann.

A resposta foi rápida.

– Inexato, senhor – disse a inglesa. – Sua admiração por uma jovem de magníficos olhos verdes certamente teria lançado o senhor no encalço dela, se tivesse podido encontrá-la após o escândalo que se produziu. Não podendo, lançou-se em meu encalço, primeiro até o Hôtel Concordia, como o indivíduo que denunciou minha manobra, depois até o bufê da estação de trem.

Raoul divertia-se francamente.

– Sinto-me lisonjeado pelo fato de que nenhum de meus feitos ou gestos lhe tenha escapado, senhorita.

– Nada me escapa, senhor.

– Estou percebendo. Mais um pouco e a senhorita diria meu nome.

– Raoul de Limézy, explorador, recém-chegado do Tibete e da Ásia central.

Raoul não dissimulou seu espanto.

– Mais e mais lisonjeado. Posso lhe perguntar que inquérito é esse?

– Inquérito nenhum. Mas, quando uma senhora vê um senhor se precipitar em sua cabine no último minuto, e sem bagagens, ela tem que observar tudo por conta própria. Ora, o senhor abriu duas ou três páginas de seu livro com um de seus cartões de visita. Eu li esse cartão, e me lembrei de uma entrevista recente em que Raoul de Limézy contava sua última expedição. É simples.

– Muito simples. Mas era preciso ter olhos perspicazes.

– Os meus são excelentes.

– Contudo, a senhorita não deixou de olhar para sua caixa de bombons. Está no décimo oitavo chocolate.

– Não tenho necessidade de olhar para o senhor, nem de refletir para adivinhar.

– Para adivinhar o quê, na verdade?

– Para adivinhar que seu nome verdadeiro não é Raoul de Limézy.

– Não é possível!

– Caso contrário, senhor, as iniciais que estão no fundo de seu chapéu não seriam um H e um V... a menos que o senhor esteja usando o chapéu de um amigo.

Raoul começou a se impacientar. Não gostava que, em nenhum duelo que sustentasse, o adversário estivesse constantemente em vantagem.

– E o que significam esse H e esse V, segundo a senhorita?

Ela mordeu seu décimo nono chocolate e, no mesmo tom negligente:

– Essas, senhor, são iniciais que raramente aparecem juntas.

"Quando as encontro, por acaso, minha mente sempre faz uma aproximação involuntária entre elas e as iniciais de dois nomes que guardei certa vez.

– Posso lhe perguntar quais?

– Isso não vai lhe dizer nada. É um nome incomum para o senhor.

– Mas, ainda assim...?

– Horace Velmont.

– E quem é esse Horace Velmont?

– Horace Velmont é um dos inúmeros pseudônimos sob os quais se esconde...

– Sob os quais se esconde...?

– Arsène Lupin.

Raoul desatou a rir.

– Devo ser, portanto, Arsène Lupin?

Ela protestou:

– Que ideia! Estou lhe contando apenas a lembrança que as iniciais de seu chapéu evocam em mim, com certeza tolamente. E digo a mim mesma, também tolamente, que seu belo nome Raoul de Limézy parece muito o nome de certo Raoul d'Andrésy que Arsène Lupin igualmente utilizou.

– Excelentes respostas, senhorita! Mas, seu eu tivesse a honra de ser Arsène Lupin, acredite, não estaria fazendo o papel um tanto idiota que faço diante da senhorita. Com que maestria a senhorita zomba do inocente Limézy!

Ela lhe estendeu a caixa.

– Um chocolate, senhor, para compensar sua derrota e me deixar dormir.

– Mas – pediu ele – nossa conversa não vai acabar aqui...?

– Não – disse ela. – Se o inocente Limézy não me interessa, por outro lado pessoas que usam um nome que não é o seu sempre me intrigam. Quais são as razões delas? Por que se disfarçam? Curiosidade um pouco perversa...

– Curiosidade que pode se permitir uma Bakefield – disse ele firmemente.

E acrescentou:

– Como vê, senhorita, também eu sei o seu nome.

– E o empregado da Cook também – disse ela gracejando.

– Está bem – disse Raoul –, perdi. Terei minha revanche na primeira ocasião.

– A ocasião se apresenta sobretudo quando não a procuramos – concluiu a inglesa.

Pela primeira vez, ela o fitou francamente com seus belos olhos azuis. Ele estremeceu:

– Tão bela quanto misteriosa – murmurou.

– De modo algum misteriosa – disse ela. – Eu me chamo Constance Bakefield. Vou me reunir em Monte Carlo a meu pai, Lorde Bakefield, que me espera para jogar golfe. Fora o golfe, pelo qual sou apaixonada, assim como por todos os exercícios, escrevo em jornais, para ganhar a vida e conquistar minha independência. Minha profissão de "repórter" me permite, assim, ter informações em primeira mão sobre todas as personagens célebres, homens de Estado, generais, empresários e vigaristas da indústria, grandes artistas e ilustres assaltantes. Minhas saudações, senhor.

Então, ela passou pelo rosto as pontas de um xale, ocultando a cabeça loira sobre um travesseiro, jogou uma manta nos ombros e estendeu as pernas no banco.

Raoul, que havia estremecido ante a palavra assaltante, lançou algumas frases que não levaram a nada: encontrou a porta fechada. O melhor era se aquietar e esperar sua revanche.

Permaneceu então em silêncio em seu canto, desconcertado com a aventura, mas no fundo feliz e cheio de esperança. Adorável criatura, original e cativante, enigmática e tão franca! E que acuidade de observação!

Como ela o enxergava claramente! Como havia relevado as pequenas imprudências que, desprezando o perigo, ele por vezes comctera! Assim, as duas iniciais…

Pegou o chapéu e arrancou-lhe o fundo de seda, que jogou por uma janela do corredor. Depois, voltou a tomar seu lugar no meio da cabine, reclinou-se entre dois travesseiros e ficou devaneando despreocupadamente.

A vida lhe parecia encantadora. Era jovem. Dinheiro vivo, facilmente obtido, recheava sua carteira. Vinte projetos de execução garantida e de retorno lucrativo fervilhavam em seu cérebro engenhoso. E, na manhã

Arsène Lupin e a garota de olhos verdes

seguinte, teria diante de si o espetáculo apaixonante e perturbador de um linda mulher que desperta.

Pensou nisso com satisfação. Em seu meio sono via os belos olhos azul-celeste. Coisa estranha, eles se tingiam pouco a pouco de nuances imprevistas, e tornavam-se verdes, cor do mar. Não sabia mais ao certo se eram os da inglesa ou os da parisiense que o olhavam naquela meia-luz indistinta. A garota de Paris lhe sorria amavelmente. Por fim, era mesmo ela que dormia em frente a ele. E, com um sorriso nos lábios, a consciência tranquila, dormiu também.

Os sonhos de um homem de consciência tranquila e sem problemas de digestão sempre proporcionam um prazer que não se atenua nem mesmo com as sacudidelas da estrada de ferro. Raoul flutuava beatificamente pelas vagas regiões onde brilhavam olhos azuis e olhos verdes, e a viagem era tão agradável que ele não tinha tido a precaução de deixar alerta, e por assim dizer de vigília, como sempre fazia, uma pequena parte de sua mente.

Foi um erro. Nos trens, deve-se sempre desconfiar, principalmente quando não há muita gente. Não ouviu, portanto, abrir-se a porta do corredor que servia de comunicação com o vagão precedente (vagão número 4) nem se aproximarem, a passos leves, três personagens mascarados e vestidos com longas túnicas cinzentas, que pararam diante de sua cabine.

Outro erro: ele não tinha velado a lâmpada. Se a tivesse velado com a ajuda da cortina, os indivíduos teriam sido obrigados a usar uma lanterna, para atingir seus funestos desígnios, e Raoul teria despertado com um sobressalto.

De sorte que, no final das contas, não ouviu nem viu nada. Um dos homens, de revólver em punho, permaneceu, como sentinela, no corredor. Os outros dois, por meio de sinais, dividiram a incumbência, e tiraram cassetetes dos bolsos. Um golpearia o primeiro passageiro, o outro, aquele que dormia sob uma coberta.

A ordem para atacar foi dada em voz baixa, mas, por mais baixa que fosse, Raoul, percebendo o murmúrio, acordou e instantaneamente esticou as pernas e os braços. Tentativa inútil. O cassetete golpeou sua testa e o deixou atordoado. Tudo o que sentiu foi que apertavam sua garganta, e percebeu que uma sombra passou diante dele e pulou sobre a srta. Bakefield.

Assim se foi a noite, numa escuridão espessa, onde, perdendo pé como quem afunda, ele teve apenas aquelas impressões incoerentes e dolorosas que mais tarde remontam à superfície da consciência e com as quais a realidade se reconstitui em seu conjunto. Foi amarrado, fortemente amordaçado, e lhe cobriram a cabeça com um tecido grosso. Seu dinheiro foi levado.

– Bom negócio – soprou uma voz. – Mas tudo isso é apenas um aperitivo. Amarrou o outro?

Parecia que o golpe não havia atordoado suficientemente o "outro" e que o fato de estar amarrado não lhe agradava, porque se seguiram imprecações, um barulho de tumulto, uma batalha persistente que agitava todo o banco... e depois gritos... gritos de mulher...

– Raios, olhe aí uma vagabunda! – continuou uma voz abafada. – Ela arranha... morde... Mas você não sabe nada, não a reconhece?

– Senhora é muito para se referir a ela.

– Faça com que ela se acalme primeiro!

Os meios que ele empregou fizeram com que ela aos poucos se acalmasse. Os gritos se atenuaram, tornaram-se soluços, lamúrias. Ela lutava ainda, e isso acontecia bem perto de Limézy, que sentia, como em um pesadelo, todas as tentativas de ataque e de resistência.

E subitamente tudo acabou. Uma terceira voz, que vinha do corredor, a do homem de vigília evidentemente, ordenou, em tom abafado:

– Chega! Larguem a mulher. Senão vão acabar por matá-la, hein?

– Ora, acho que não... Em todo caso, poderíamos revistá-la.

ARSÈNE LUPIN E A GAROTA DE OLHOS VERDES

– Chega, silêncio, caramba!

Os dois agressores saíram. Brigavam e discutiam no corredor, e Raoul, que começava a se reanimar e a se mexer, surpreendeu estas palavras: "Sim... lá embaixo... a cabine do fundo... Rápido...! O fiscal pode vir..."

Um dos três bandidos se inclinou sobre ele:

– Você aí, se você se mexer, está morto. Fique quieto.

O trio se afastou até a extremidade oposta, onde Raoul havia notado a presença de dois passageiros. Ele agora tentava se desamarrar e, com movimentos dos maxilares, soltar a mordaça.

Perto dele, a inglesa gemia, em tom cada vez mais fraco, o que o afligia. Com todas as suas forças, procurou libertar-se, com a esperança de que não fosse tarde demais para salvar a pobrezinha. Mas as cordas eram fortes e estavam bem apertadas.

Enquanto isso, o tecido que o impedia de ver, mal atado, caiu de repente. Ele percebeu que a garota estava de joelhos, com os cotovelos sobre o banco, e olhando com olhos que não viam nada.

Ao longe, ouviu-se um ruído de detonação. Os três bandidos mascarados e os dois passageiros haviam lutado na cabine do fundo. Quase imediatamente, um dos bandidos passou correndo, com uma pequena mala na mão e gestos desordenados.

Um ou dois minutos depois, o trem parava. Era provável que os trabalhos de reparação efetuados sobre a via férrea retardassem a viagem, e por isso fora esse o momento escolhido para a agressão.

Raoul estava desesperado. Lutando contra as cordas impiedosas, conseguiu dizer à garota, apesar da mordaça:

– Tente resistir, estou lhe pedindo... Vou ficar vigiando... Mas o que aconteceu? O que eles lhe fizeram?

Os bandidos tinham apertado de tal maneira a garganta da garota, e quebrado seu pescoço, que seu rosto, cheio de manchas negras e convulsionado, apresentava todos os sintomas de asfixia. Raoul teve imediatamente a noção de que ela estava prestes a morrer. Ela ofegava e tremia dos pés à cabeça.

Seu busto se curvava sobre o jovem. Ele percebeu o sopro rouco de sua respiração e, entre soluços de exaustão, algumas palavras que ela gaguejava em inglês:

– Senhor... senhor... me escute... estou perdida.

– De jeito nenhum – disse ele, arrasado. – Tente se reerguer... alcançar a campainha de alarme.

Ela não tinha forças. E não restava nenhuma chance de que Raoul chegasse a se soltar, apesar da energia sobre-humana de seus esforços. Habituado como era a fazer valer sua vontade, sofria horrivelmente por ser, assim, espectador daquela morte terrível. Os acontecimentos escapavam ao seu domínio e turbilhonavam vertiginosamente em torno dele.

Um segundo indivíduo mascarado passou novamente, levando uma bolsa de viagem e segurando um revólver. Vinha um terceiro atrás deste. Lá, com certeza, os dois passageiros tinham sucumbido e, como os trabalhos na linha férrea avançavam muito devagar, os matadores iriam fugir tranquilamente.

Logo em seguida, com efeito, ouviram-se vozes aos gritos, e depois, bruscamente, houve luta. O primeiro dos indivíduos não pôde nem mesmo usar a arma, que lhe escapou das mãos. Um empregado de uniforme havia pulado sobre ele, e rolaram os dois pelo tapete, enquanto o cúmplice, um homem pequeno, que parecia muito magro em sua túnica cinzenta manchada de sangue e cuja cabeça estava dissimulada sob um boné muito grande, ao qual estava presa uma máscara de seda negra, tentava soltar seu camarada.

– Coragem! O fiscal! – gritou Raoul exasperado. – Aí vem socorro.

Mas o fiscal fraquejou, e uma de suas mãos foi imobilizada pelo menor dos cúmplices. O outro homem atacou por cima e martelou o rosto do empregado com uma série de socos fracos.

Então o menor se levantou e, ao fazê-lo, sua máscara se descolou e caiu, tornando o boné maior ainda. Com um gesto rápido, ele tentou recolocá--lo de um lado e de outro. Mas Raoul tinha tido tempo de perceber os cabelos loiros e o adorável rosto, assustado e lívido, da desconhecida de olhos verdes, encontrada à tarde na confeitaria do Boulevard Haussmann.

A tragédia chegava ao fim. Os dois cúmplices se safaram. Raoul, tomado de estupor, assistiu sem palavras à longa e dolorosa manobra do fiscal, que conseguiu subir no banco e disparar o sinal de alarme.

A inglesa agonizava. Em um último suspiro, balbuciou ainda palavras incoerentes:

– Pelo amor de Deus... escute... é preciso prender... é preciso prender...

– Quem? Eu prometo...

– Pelo amor de Deus... pegue minha pasta... tire daí os documentos... meu pai não deve saber de nada...

Sua cabeça tombou e ela morreu... O trem parou.

INVESTIGAÇÕES

A morte da srta. Bakefield, o ataque selvagem das três personagens mascaradas, o assassinato provável de dois passageiros, a perda de seu dinheiro, tudo isso não pesou nada na mente de Raoul em comparação com a inconcebível visão com que ele havia se deparado por último. A garota de olhos verdes! A mais graciosa e mais sedutora mulher que ele já tinha encontrado surgindo à sombra de um crime! A mais radiosa imagem aparecendo sob a máscara ignóbil de ladra e assassina! A garota de olhos de jade, a quem seu instinto de homem o havia lançado desde o primeiro minuto, e que ele reencontrava em uma túnica manchada de sangue, com o olhar perdido, em companhia de dois horríveis assassinos, e, como eles, pilhando, matando, semeando a morte e aterrorizando!

Ainda que sua vida de grande aventureiro, envolvida em tantos horrores e ignomínias, o houvesse habituado aos piores espetáculos, Raoul (vamos continuar a chamá-lo assim, já que foi sob esse nome que Arsène Lupin desempenhou seu papel no drama), Raoul de Limézy permanecia confuso diante de uma realidade que lhe era impossível conceber e, de qualquer modo, apreender! Os fatos ultrapassavam sua imaginação.

Lá fora estava um tumulto. De uma estação bem próxima, a de Beaucourt, acorriam empregados, assim como um grupo de operários ocupados nas reparações da rua. Havia muito clamor. Procurava-se saber de onde vinha o chamado da sirene.

O fiscal cortou as cordas que amarravam Raoul, ouvindo suas explicações, depois abriu uma janela do corredor e fez sinal aos empregados.

– Por aqui, por aqui!

Virando-se para Raoul, disse-lhe:

– Ela está morta, não, essa moça?

– Sim... estrangulada. E não é tudo... dois passageiros na outra extremidade.

Foram rapidamente até o fim do corredor.

Na última cabine, dois cadáveres. Nenhum sinal de desordem. Nas redes para bagagem acima dos bancos, nada. Nenhuma mala. Nenhum pacote.

Nesse momento, os empregados da estação tentavam abrir a porteira que dava acesso ao carro daquele lado. Estava bloqueada, o que fez Raoul compreender as razões pelas quais os três bandidos tinham tomado o mesmo caminho do corredor e fugido pela primeira porta.

Esta, na verdade, foi encontrada aberta. Pessoas subiam, outras saíam pela rampa retrátil, e logo as duas cabines se esvaziaram, quando uma voz forte proferiu em tom imperioso:

– Não toquem em nada...! Não, senhor, deixe esse revólver onde está. É uma prova extremamente importante. E depois é preferível que todo mundo vá embora. O vagão vai ser destacado dos outros, e o trem logo vai partir de novo. Não é, chefe da estação?

Nos minutos de confusão, é suficiente que alguém fale firme, e saiba o que quer, para que todas as vontades dispersas se dobrem a essa energia que deve ter um chefe. Ora, este se exprimia fortemente, como homem acostumado a ser obedecido. Raoul o olhou e ficou estupefato de reconhecer o indivíduo que tinha seguido a srta. Bakefield e abordado a garota de olhos verdes, o indivíduo ao qual ele pedira fogo, em suma, o bonitão engomadinho, aquele que a inglesa chamava de sr. Marescal.

– Chefe de estação – continuou ele –, o senhor tem a obrigação, não é, de supervisionar a situação? Leve consigo todos os seus empregados. É preciso também telefonar à delegacia de polícia mais próxima, pedir um médico e prevenir o Ministério Público de Romillaud. Estamos diante de um crime.

– De três assassinatos – ratificou o fiscal. – Dois homens mascarados fugiram, dois homens que me assaltaram.

– Eu sei – disse Marescal. – Os operários da via férrea viram sombras e estão em perseguição deles. No alto do aterro, há um pequeno bosque, e já se organizou uma batida em torno e ao longo da estrada nacional. Se houver captura, saberemos aqui.

Ele articulava as palavras firmemente, com gestos secos e um ar autoritário.

Raoul foi ficando mais e mais espantado e, de repente, retomou todo o seu sangue-frio. Que fazia ali o engomadinho? E o que é que lhe dava aquela desenvoltura incrível? Não acontecia frequentemente que a desenvoltura dessas personagens viesse justamente de alguma coisa que elas tivessem a esconder, atrás de sua fachada brilhante?

E como esquecer que Marescal tinha seguido a srta. Bakefield durante toda a tarde, que a espreitara antes da hora da partida, e que se encontrava lá, provavelmente, no vagão número 4, no instante mesmo em que se maquinava o crime? De um vagão ao outro, a rampa…, a rampa por onde os três bandidos mascarados haviam surgido, e por onde um dos três, o primeiro, tinha voltado… Não era ele a personagem que agora se gabava e mandava?

O vagão ficou vazio. Não restava senão o fiscal. Raoul tentou voltar a seu lugar. Foi impedido.

ARSÈNE LUPIN E A GAROTA DE OLHOS VERDES

– Como, senhor! – disse ele, certo de que Marescal não o reconheceria. – Mas é que eu estava aqui e pretendo voltar.

– Não, senhor – retrucou Marescal –, todo ambiente em que um crime é cometido pertence à justiça, e ninguém pode penetrar nele sem autorização.

O fiscal se interpôs.

– Esse passageiro foi uma das vítimas do ataque. Eles o amarraram e o roubaram.

– Lamento – disse Marescal. – Mas as ordens são claras.

– Que ordens? – disse Raoul, irritado.

– As minhas.

Raoul cruzou os braços.

– Mas, enfim, de que direito o senhor fala? O senhor é que nos faz uma lei com uma insolência que as outras pessoas, se quiserem, podem aceitar, mas eu não estou a fim de me submeter.

O bonitão estendeu seu cartão de visitas, escandindo as sílabas com voz pomposa:

– Rodolphe Marescal, comissário do serviço de Relações Internacionais, assessor do Ministério do Interior.

Diante de tais títulos, seu ar dizia que todos lhe deviam reverência. E acrescentou:

– Se tomei a direção dos acontecimentos, foi de acordo com o chefe da estação, e porque minha competência especial me autoriza.

Raoul, um pouco sobressaltado, conteve-se. O nome Marescal, ao qual ele não tinha dado atenção, despertou subitamente em sua memória a lembrança confusa de certos negócios em que lhe parecia que o comissário tinha mostrado mérito e uma clarividência notável. Em todo caso, havia sido absurdo enfrentá-lo.

"Foi falha minha", pensou ele. "Em vez de agir do lado da inglesa e de cumprir seu último pedido, perdi meu tempo me envolvendo emocionalmente com a garota mascarada. Mas, assim mesmo, vou pegar você na volta, engomadinho, e descobrir como é possível você estar neste trem, na hora exata, para se ocupar de um caso em que as duas heroínas são justamente as belas mulheres de antes. Enquanto isso, tenho que ter paciência."

E, em um tom de deferência, como se estivesse bastante sensibilizado com o prestígio das altas funções:

– Desculpe-me, senhor. Por pouco parisiense que eu seja, pois vivo principalmente fora da França, sua notoriedade chegou até mim, e me lembro, entre outras, de uma história de brincos...

Marescal encheu-se de orgulho.

– Sim, os brincos da princesa Laurentini – disse ele. – Não foi mal, na verdade. Mas nos esforçamos para conseguir resultados ainda melhores hoje, e confesso que, antes da chegada da polícia, e sobretudo do juiz de instrução, eu gostaria muito de acelerar no inquérito a um ponto em que...

– A um ponto – aprovou Raoul – em que esses senhores não teriam mais nada a concluir. Vocês têm realmente razão, e não continuarei minha viagem senão amanhã, se minha presença puder lhe ser útil.

– Extremamente útil, e eu lhe agradeço.

O fiscal teve que partir, depois de ter dito o que sabia. Enquanto isso, o vagão se acomodou nos trilhos da garagem, e o trem se afastou.

Marescal começou suas investigações depois de, com a intenção evidente de afastar Raoul, pedir-lhe que fosse à estação procurar lençóis para cobrir os cadáveres.

Raoul, apressado, desceu, ladeou o vagão e subiu na altura da terceira janela do corredor.

"É bem o que eu pensei", disse ele consigo, "o engomadinho queria ficar só. Pequenas maquinações preliminares".

Marescal com efeito havia erguido o corpo da jovem inglesa e entreabriu seu casaco de viagem. Em volta da cintura, havia uma pequena bolsinha de couro vermelha. Soltou o cinto, pegou a bolsinha e a abriu. Ela continha documentos, que ele logo se pôs a ler.

Raoul, que não o via senão de costas e assim não podia julgar, por sua expressão, o que ele pensava da leitura, saiu murmurando:

– Você vai ter que se apressar, camarada, sempre vou alcançar você antes de chegar ao alvo. Esses documentos foram legados a mim, e ninguém senão eu tem direito sobre eles.

Cumpriu a missão da qual fora encarregado e, quando voltou, com a mulher e a mãe do chefe da estação, que se propuseram a fazer a vigília fúnebre, soube por Marescal que tinham cercado, no bosque, dois homens que se escondiam no meio do matagal.

– Nenhuma outra indicação? – perguntou Raoul.

– Nada – declarou Marescal –, supostamente um dos homens mancava, e recolheram atrás dele um salto enfiado entre duas raízes. Mas é um salto de sapato de mulher.

– Portanto, nenhuma relação.

– Nenhuma.

Deitaram a inglesa. Raoul olhou uma última vez para sua bela e infeliz companheira de viagem e murmurou para si mesmo:

"Vou vingá-la, srta. Bakefield. Se eu não soube vigiá-la e salvá-la, juro que seus assassinos serão punidos."

Pensou na garota de olhos verdes e repetiu, diante da misteriosa criatura, o mesmo juramento de ódio e de vingança. Depois, abaixando as pálpebras da garota, cobriu com o lençol seu pálido rosto.

– Ela era realmente bela – disse ele. – Não sabe o nome dela?

– Como saberia? – declarou Marescal, que se furtava à verdade.

– Mas olhe aqui uma bolsinha…

– Ela não deve ser aberta senão na presença do Ministério Público – disse Marescal, que a colocou a tiracolo no ombro e acrescentou:

– É surpreendente que os bandidos não a tenham roubado. Deve conter documentos…

– Vamos esperar o Ministério Público – repetiu o comissário. – Mas parece, em todo caso, que os bandidos que roubaram o senhor não roubaram nada dela... nem este bracelete-relógio, nem este broche, nem este colar...

Raoul contou o que havia se passado, e o fez em primeiro lugar com precisão, tal era sua vontade de colaborar para a descoberta da verdade. Mas, pouco a pouco, tendo sido, por razões obscuras, forçado a deturpar certos fatos, não falou nada do terceiro cúmplice e não deu dos outros dois senão uma indicação aproximativa, sem revelar a presença de uma mulher entre eles.

Marescal escutou e fez algumas perguntas, deixando então um dos guardas, levando o outro ao compartimento onde jaziam os dois homens.

Os dois se pareciam, um bem mais jovem, mas os dois apresentando os mesmos traços vulgares, as mesmas sobrancelhas grossas, as mesmas roupas cinzentas, mal cortadas. O mais novo tinha recebido uma bala em plena testa, o outro no pescoço.

Marescal, que fingia uma grande reserva, examinou-os longamente, sem mesmo mudá-los de posição, revistou seus bolsos e os cobriu com o mesmo lençol.

– Senhor comissário – disse Raoul, a quem a vaidade e a pretensão de Marescal não tinham escapado –, tenho a impressão de que o senhor já percorreu o caminho que leva à verdade. Sente-se no senhor um mestre. Poderia nos dirigir algumas palavras...?

– Por que não? – disse Marescal, que arrastou Raoul para outro compartimento. – A polícia não vai tardar, e o médico, também não. A fim de marcar a posição que tomo e de me assegurar o benefício, não vou me aborrecer por expor antes de tudo o resultado de minhas primeiras investigações.

"Vamos, engomadinho", disse consigo Raoul. "Você não podia ter escolhido um confidente melhor que eu."

Ele pareceu confuso com tal dádiva. Que honra e que alegria! O comissário pediu-lhe que sentasse e começou:

– Senhor, sem me deixar influenciar por certas contradições nem me perder em detalhes, tenho que colocar em evidência dois fatos primordiais, um de importância considerável, na minha humilde opinião. Primeiramente, este. A jovem inglesa, como já a designou, foi vítima de equívoco. Sim, senhor, de equívoco. Tenho provas. À hora fixada para a desaceleração prevista do trem, os bandidos que se achavam no vagão seguinte (lembro-me de tê-los vislumbrado de longe e creio que sei o nome dos três) atacam o senhor, o roubam, atacam sua vizinha, procuram amarrá-la... e depois, bruscamente, deixam tudo e vão para longe, até a cabine do fundo.

"Por que essa reviravolta...? Por quê? Porque eles se enganaram, porque a jovem estava dissimulada sob uma manta, porque eles creem que atacaram dois homens e percebem que um é mulher. Daí seu espanto. 'Raios, olhe aí uma vagabunda!', e daí sua fuga precipitada. Exploram o corredor e descobrem os dois homens que procuravam... os dois que estão lá. Ora, esses dois se defendem. Eles os matam a coronhadas e os roubam, não lhes deixando nada. Malas, pacotes, tudo é repartido, até os bonés... Primeiro ponto claramente estabelecido, não é?

Raoul estava surpreso, não pela hipótese, porque ele mesmo já a havia admitido desde o início, mas que Marescal tivesse podido formulá-la com certa acuidade e certa lógica.

– Segundo ponto... – retomou o policial, que a admiração de seu interlocutor exaltava.

Ele estendeu a Raoul uma pequena caixa de prata finamente cinzelada.

– Apanhei isso atrás do banco.

– Uma tabaqueira?

– Sim, uma tabaqueira antiga... mas servia de estojo para cigarros. Sete cigarros, exatamente, que aí estão... tabaco amarelo, para mulher.

– Ou para homem – disse Raoul, sorrindo... –, porque enfim não havia lá senão homens.

– Para mulher, insisto...

– Impossível!

– Cheire a caixa.

Ele a colocou sob o nariz de Raoul. Este, depois de cheirar, aquiesceu:

– Na verdade, na verdade... um perfume de mulher que coloca seu estojo de cigarros em uma bolsa, com o lenço, o pó de arroz e o vaporizador de bolso. O odor característico.

– Então?

– Então não estou mais compreendo. Dois homens aqui que encontramos mortos... e dois homens que atacaram e fugiram depois de matar.

– Por que não um homem e uma mulher?

– Hein? Uma mulher... um desses bandidos seria uma mulher?

– E essa caixa de cigarros?

– Prova insuficiente.

– Tenho outra.

– Qual?

– O salto... este salto de sapato, que apanhamos no bosque, entre duas raízes. Acredite que é preciso mais para estabelecer uma convicção sólida relativamente ao segundo ponto, que enuncio assim: dois agressores, um homem e uma mulher.

A clarividência de Marescal aguçou Raoul. Ele evitou dar isso a perceber e disse, entre dentes, como se uma exclamação lhe escapasse:

– O senhor é muito eficiente!

E acrescentou:

– Isso é tudo? Mais alguma descoberta?

– Ei! – disse o outro rindo. – Deixe-me respirar!

– O senhor então tem a intenção de trabalhar a noite toda?

– Toda, a menos até que peguemos os dois fugitivos, o que não deverá tardar se minhas instruções forem seguidas.

Raoul tinha seguido a dissertação de Marescal com o ar manso de alguém que não é tão eficiente e que deixa aos cuidados de outros destrinchar um caso do qual não percebe grande coisa.

– Divirta-se, comissário. Quanto a mim, confesso que todas essas emoções me exauriram e que um hora ou duas de repouso...

– Faça isso – aprovou Marescal. – Qualquer cabine pode lhe servir de leito... Fique nesta aqui... Vou cuidar para que ninguém o perturbe... E, quando eu tiver terminado, virei descansar por minha vez.

Raoul fechou a porta, cerrou as cortinas e apagou a luminária. Nesse momento, não tinha uma ideia nítida do que queria fazer. Os acontecimentos, muito complicados, não se prestavam ainda a uma solução refletida, e ele se contentaria em ficar de olho nas intenções de Marescal e resolver o enigma de sua conduta.

"E aí, engomadinho", disse ele consigo, "está na minha mão. Você é como o corvo da fábula: com elogios você abre o bico. Bom, certamente, é seu golpe de vista. Mas muito tagarela. Quanto a colocar na cadeia o desconhecido e seu cúmplice, muito me espantaria. Está aí uma empreitada que vai precisar de meu empenho pessoal.

Então ocorreu que, na direção da estação, elevou-se um ruído de vozes que logo tomou as proporções de tumulto. Raoul se pôs à escuta. Marescal estava inclinado e gritava, por uma janela do corredor, a alguém que se aproximara:

– O que é? Ah! Perfeito, os policiais... Não me engano, não é?

Responderam-lhe:

– O chefe da estação me mandou aqui, comissário.

– É você, sargento? Houve prisões?

– Uma só, comissário. Um daqueles que perseguíamos caiu de cansaço na estrada, até que chegamos, a um quilômetro daqui. O outro conseguiu escapar.

– E o médico?

– Ele deu uma passada. Mas tinha uma visita já marcada. Vai estar aqui em quarenta minutos.

– Foi o menor deles que vocês prenderam, sargento?

– Um pequeno e pálido… com um boné grande demais… e chorando… e que fez promessas: "Eu falo, mas apenas ao senhor juiz… Onde está o juiz?"

– Você o deixou na estação, esse pequeno?

– Bem vigiado.

– Vou lá.

– Se não se opuser, comissário, eu gostaria primeiro de ver como tudo aconteceu no trem.

O sargento subiu, com um policial… Marescal o recebeu no alto dos degraus e em seguida o conduziu até o cadáver da jovem inglesa.

"Tudo está indo muito bem", disse consigo Raoul, que não tinha perdido um palavra do diálogo. Se o engomadinho começar suas explicações, vai levar um bom tempo."

Dessa vez ele percebeu com clareza a confusão que havia em sua mente e discerniu as intenções verdadeiramente inesperadas que surgiam de repente, sem que ele soubesse, por assim dizer, e sem que pudesse compreender o motivo secreto de sua conduta.

Baixou a grande vidraça e se inclinou sobre a linha do trem. Ninguém. Nenhuma luz.

Pulou.

O BEIJO NA SOMBRA

A estação de Beaucourt situa-se em pleno campo, longe das moradias. Uma estrada perpendicular à estrada de ferro a conecta ao vilarejo de Beaucourt, depois de Romillaud, onde encontra a delegacia de polícia, depois a Auxerre, onde ficam os magistrados. É cortada em ângulo reto pela rodovia nacional, a qual ladeia a linha por quinhentos metros.

Haviam reunido na plataforma todos os pontos de iluminação disponíveis, candeeiros, velas, lanternas, faróis, o que obrigou Raoul a se aproximar com toda a precaução. O chefe da estação, um empregado e um operário conversavam com o policial de serviço, cujo alto porte se erguia diante da porta de duas folhas aberta, de uma sala atravancada de pacotes que era reservada ao serviço de mensageiros.

Na semiobscuridade dessa sala se amontoavam pilhas de cestos e caixas e se espalhavam pacotes de toda espécie. Aproximando-se, Raoul pensou ver, sentada em um monte de objetos, uma silhueta curvada que não se mexia.

"É ela, provavelmente", disse consigo, "é a garota de olhos verdes. Uma volta da chave no fundo, e estava feita a prisão, já que os carcereiros a usavam como única saída possível."

A situação lhe pareceu favorável, mas com a condição de que ele não esbarrasse em obstáculos suscetíveis de incomodá-lo, pois Marescal e o sargento podiam aparecer mais cedo do que ele imaginava. Fez então um desvio correndo e alcançou a fachada posterior da estação sem encontrar viva alma. Não levou mais de um minuto. Nenhum trem parou mais, e, a não ser o pequeno grupo que tagarelava na plataforma, não havia mais ninguém.

Entrou na sala de registro. Uma porta à esquerda, um saguão com uma escada, e, à direita do saguão, outra porta. Pela disposição dos lugares, devia ser lá.

Para um homem como Raoul, uma fechadura não constituía um obstáculo válido. Tinha sempre com ele quatro ou cinco ferramentas com as quais se encarregava de abrir as portas mais difíceis. À primeira tentativa, ela cedeu. Tendo-a entreaberto ligeiramente, viu que nenhum feixe de luz batia nela. Empurrou então, abaixando-se, e entrou. O pessoal de fora não poderia nem vê-lo nem ouvi-lo, e nem a prisioneira, cujos soluços surdos ritmavam o silêncio da sala.

O operário contava a perseguição pelo bosque. Tinha sido ele que, em um matagal, sob a luz de um farolete, erguera "a presa". O outro malandro, como ele disse, era magro e de porte alto e escapulia como uma lebre. Mas tinha que voltar sobre os próprios passos, e pegou o pequeno. Aliás, estava tão escuro que a caçada não era fácil.

– Imediatamente a garotinha que estava lá – contou o operário – começou a gemer. Tinha uma voz engraçada de menina, com lágrimas: "Onde está o juiz…? Vou contar tudo a ele… Me levem até o juiz".

Os ouvintes riam. Raoul aproveitou para enfiar a cabeça entre duas pilhas de caixinhas espaçadas. Encontrava-se assim atrás do amontoado de encomendas postais onde a prisioneira tinha sido jogada. Dessa vez, ela devia ter percebido algum barulho, porque os soluços haviam cessado.

Ele sussurrou:

– Não tenha medo.

Como ela se calou, ele repetiu:

– Não tenha medo... sou um amigo.

– Guillaume? – perguntou ela, baixinho.

Raoul compreendeu que se tratava de outra fugitiva e respondeu:

– Não, sou alguém que vai salvar você dos policiais.

Ela não disse uma palavra. Devia recear uma emboscada. Mas ele insistiu:

– Você está nas mãos da justiça. Se não me seguir, vai enfrentar a prisão, o tribunal...

– Não – disse ela –, o juiz vai me deixar livre.

– Ele não vai deixá-la livre. Dois homens foram mortos... Sua blusa está coberta de sangue... Venha... Um segundo de hesitação pode pôr tudo a perder... Venha...

Após um silêncio, ela murmurou:

– Estou com as mãos amarradas.

Sempre agachado, ele cortou as cordas com sua faca e perguntou:

– Eles podem ver você agora?

– Só o policial, quando se vira, e mal, porque estou na sombra... Os outros estão bem à esquerda...

– Tudo bem... Ah! Um instante. Escute...

Na plataforma, passos se aproximavam, e ele reconheceu a voz de Marescal. Então ordenou:

– Nem um gesto... Eles estão vindo, mais cedo do que eu pensava... Ouviu...?

– Ah, tenho medo... – balbuciou a garota. – Parece que essa voz... Meu Deus, será possível?

– Sim – disse ele –, é a voz de Marescal, seu inimigo... Mas não precisa ter medo... Mais cedo, procure se lembrar, no bulevar, alguém se interpôs entre você e ele. Fui eu. Peço-lhe que não tenha medo.

– Mas ele vai vir...

– Não é certo...

– Mas e se ele vier...?

– Faça de conta que está dormindo ou desmaiada... Enfie a cabeça entre os braços cruzados... E não se mexa...

– E se ele tentar me ver? Se me reconhecer?

– Não lhe responda... aconteça o que acontecer, nem uma palavra... Marescal não agirá logo... vai refletir... E então...

Raoul não estava tranquilo. Bem que imaginava que Marescal devia estar ansioso para saber se não se enganara e se o bandido era realmente uma mulher. Iria então proceder a um interrogatório imediato, e, em todo caso, julgando a precaução insuficiente, inspecionaria ele mesmo a prisão.

De fato, o comissário logo exclamou, em tom alegre:

– Bem, chefe da estação, tenho algo novo! Um prisioneiro aqui com vocês! E um prisioneiro de marca! A estação de Beaucourt vai ficar célebre... Sargento, o ambiente me parece muito bem escolhido, e estou persuadido de que não se poderia fazer melhor. Para ser bem prudente, vou me assegurar...

Assim, de repente, dirigiu-se diretamente ao alvo, como Raoul havia previsto. A parte assustadora ia se desenrolar entre aquele homem e a garota. Qualquer gesto, qualquer palavra, e a garota de olhos verdes estaria irremediavelmente perdida.

Raoul estava prestes a bater em retirada. Mas seria renunciar a toda esperança e lançar à sua procura toda uma horda de adversários que não mais lhe permitiriam recomeçar a empreitada. Entregou-se, portanto, à sorte.

Marescal penetrou na sala, continuando a falar às pessoas de fora, e de maneira a esconder delas a forma imóvel que ele queria apenas contemplar. Raoul permaneceu a distância, suficientemente protegido pelas caixas devido às quais Marescal não o vira ainda.

O comissário parou e disse bem alto:

– Parece dormir… Ei, camarada, não há meio de se ter um pouco de conversa?

Tirou do bolso uma lanterna elétrica que, pressionando o botão, dirigiu o feixe luminoso. Não vendo senão um boné e dois braços cruzados, separou os braços e ergueu o boné.

– Aí está – disse em voz baixa… – Uma mulher… Uma mulher loira…!

"Vamos, menina, mostre-me sua carinha linda."

Agarrou a cabeça com força e a virou. O que ele viu foi tão extraordinário que não aceitou a inverossímil verdade.

– Não, não – murmurou ele –, não é admissível.

Observou a porta de entrada, não querendo que algum dos outros se juntasse a ele. Depois, freneticamente, agarrou o boné. O rosto apareceu, claramente, sem reservas.

– Ela! Ela! – murmurou ele. – Mas estou maluco… Vejamos, isso não é crível… Ela, aqui! Ela, uma matadora! Ela…! Ela!

Inclinou-se ainda mais. A prisioneira não resistia. Seu pálido rosto não estremecia, e Marescal soltou-o, com uma voz ofegante:

– Foi você! Por que milagre? Então, você matou… e os policiais a apanharam! E você está aí, você! Será possível?

Dir-se-ia verdadeiramente que ela dormia. Marescal se calou. Será que ela dormia realmente? Disse a ela:

– É isso, não se mexa… Vou afastar os outros e votar… Em uma hora, estarei aqui… e vamos conversar… Ah! Precisa se comportar, menina.

Que é que ele queria dizer? Iria propor a ela algum negócio abominável? No fundo (Raoul adivinhava), não devia ter um plano bem estabelecido. O ocorrido o deixava desprevenido, e ele se perguntava que benefício poderia tirar.

Enfiou o boné na cabeça loira e revistou todos os cantos; depois, entreabrindo a blusa, revistou os bolsos do casaco. Não encontrou nada.

Então se reergueu, e sua agitação era tão grande que não pensou mais na inspeção da sala e da porta.

– Garota estranha – disse ele –, voltando para o grupo. Essa não tinha nem vinte anos... Uma diabinha que seu cúmplice deve ter desencaminhado...

Continuou a falar, mas de maneira distraída, em que se sentia a confusão de seu pensamento e a necessidade de refletir.

– Acredito – disse ele – que meu pequeno inquérito preliminar não deixará de interessar aos senhores do Ministério Público. Enquanto os espero, vou montar guarda aqui com você, sargento... Ou mesmo apenas... porque não tenho necessidade de ninguém, se você quiser repousar um pouco...

Raoul acelerou. Agarrou, entre as encomendas, três sacos amarrados cujo algodão parecia ter a mesma cor da blusa sob a qual a prisioneira escondia seu disfarce de garoto. Ergueu um desses sacos e murmurou:

– Aproxime as pernas para o meu lado... a fim de que eu possa passar isso para a frente, em lugar delas. Mas quase sem se mexer, está bem...?

"Em seguida você vai trazer o corpo na minha direção... e depois a cabeça."

Ele tomou a mão dela, que estava gelada, e repetiu as instruções, porque a garota permanecia inerte.

– Eu lhe peço, obedeça. Marescal é capaz de tudo... Você o humilhou... Ele vai se vingar de uma maneira ou de outra, quando você estiver nas mãos dele... Aproxime as pernas para o meu lado...

Ela agiu com pequenos gestos, por assim dizer imóveis, que a deslocaram insensivelmente, e levou ao menos três ou quatro minutos para fazer isso. Quando essa manobra terminou, ela tinha diante de si, e um pouco mais alta que ela, uma forma cinzenta enrolada, que tinha seus mesmos contornos e que dava suficientemente a ilusão de sua presença para que o policial e Marescal, em uma olhada, pudessem crer que ela sempre havia estado lá.

– Vamos – disse ele... – Aproveite o instante em que eles estão virados e falando mais alto, e deslize...

Ele a recebeu em seus braços, mantendo-a curvada, e a puxou pela abertura. No saguão ela pôde se erguer. Ele fechou a abertura, e eles atravessaram a sala de bagagens. Mas, com o esforço para atravessar a área que precedia a estação, ela teve um desmaio e caiu de joelhos.

– Não vou conseguir... – gemeu ela. – Não vou...

Sem o mínimo esforço, ele a carregou sobre o ombro e começou a correr até o maciço de árvores que assinalava a estrada de Romillaud e Auxerre. Experimentou uma satisfação profunda ante a ideia de que tinha sua presa, que a assassina da srta. Bakefield não podia mais lhe escapar, e que sua ação substituía a ação da sociedade. Que faria? Pouco importava. Nesse momento, estava convencido – ou ao menos se dizia – de que uma grande necessidade de justiça o guiava e que o castigo tomaria a forma que as circunstâncias lhe ditariam.

Duzentos passos além, ele parou, não porque estivesse cansado, mas para ouvir e interrogar o grande silêncio, que mal agitava as folhas e a passagem furtiva de pequenos animais noturnos.

– O que é? – perguntou a garota com angústia.

– Nada... Nada de inquietante... Ao contrário... O trote de um cavalo... muito longe... É isso que eu queria... e estou contente... é a salvação para você...

Ele a desceu de seu ombro e a estendeu em seus braços como uma criança. Andou assim, a toda a pressa, trezentos ou quatrocentos metros, o que os levou ao cruzamento da rodovia nacional, cuja brancura aparecia sob a folhagem escura das árvores. A relva estava tão úmida que ele disse a ela, sentando-se do lado oposto do talude:

– Fique deitada nos meus joelhos e me compreenda bem. Essa carruagem que esperamos é a do médico que chamamos. Vou me livrar do homem amarrando-o cuidadosamente a uma árvore. Vamos subir na carruagem e viajar toda a noite até uma estação qualquer de outra linha.

Ela não lhe respondeu. Ele duvidava que ela o tivesse ouvido. Sua mão estava muito quente. Ela balbuciava em uma espécie de delírio:

– Não matei… não matei…

– Fique quieta – disse Raoul com brusquidão. – Falaremos mais tarde.

Calaram-se os dois. A imensa paz do campo que dormia estendia em torno deles espaços de silêncio e de segurança. Apenas o trote de um cavalo se ouvia de tempos em tempos na escuridão. Viam-se duas ou três vezes, a uma distância incerta, os faróis da carruagem, que brilham como olhos arregalados. Nenhum clamor, nenhuma ameaça do lado da estação.

Raoul refletia sobre a estranha situação, e, para além da enigmática assassina cujo coração batia tão forte que ele sentia seu ritmo descompassado, evocava a parisiense, entrevista oito ou nove horas antes, feliz e sem preocupação aparente. As duas imagens, tão diferentes uma da outra, no entanto, confundiam-se nele. A lembrança da visão resplandecente atenuava seu ódio contra aquela que havia matado a inglesa. Mas será que tinha ódio? Agarrou-se a essa palavra e pensou gravemente:

“Eu a odeio… Diga o que disser, ela matou… A inglesa está morta por culpa dela e de seus cúmplices… Eu a odeio… A srta. Bakefield vai ser vingada.”

No entanto, não disse nada disso e, ao contrário, deu-se conta de que doces palavras saíam de sua boca.

– A infelicidade se abate sobre os seres quando eles não pensam, não é? Somos felizes… estamos vivos… e depois o crime passa… Mas tudo se arranja… Você vai confiar em mim… e as coisas vão se resolver…

Ele tinha a impressão de que uma grande calma a penetrava pouco a pouco. Ela não estava mais tomada pelos movimentos febris que a sacudiam dos pés à cabeça. O mal-estar se abrandava, os pesadelos, as angústias, os pavores, todo o mundo horrível da noite e da morte.

Raoul apreciava intensamente a manifestação de sua influência e de seu poder, de certa forma magnéticos, sobre certos seres que as circunstâncias tinham desorbitado, aos quais ele trazia equilíbrio e os fazia esquecer, por um instante, a horrível realidade.

Ele também, aliás, desviara-se de um drama. A inglesa morta se esvanecia em sua memória, e não era a mulher de blusa manchada de sangue que ele tinha junto de si, mas a mulher de Paris, elegante e radiante. Por mais que ele dissesse para si: "Vou puni-la. Ela vai sofrer", como não sentia o fresco ódio que exalava dos lábios próximos?

As luzes dos faróis aumentavam. O médico chegaria em oito ou dez minutos.

"E então", disse a si mesmo Raoul, "preciso me separar dela e agir... e isto vai acabar... Não poderei mais ter de novo entre mim e ela um instante como este... um instante que tenha esta intimidade..."

Ele se inclinou mais. Imaginava que ela estivesse com as pálpebras fechadas e que se abandonaria à sua proteção. Estava tudo bem assim, ela devia pensar. O perigo se afastava.

Bruscamente ele se inclinou e beijou seus lábios.

Ela tentou fracamente se debater, suspirou e não disse nada. Ele teve a impressão de que ela aceitava seu carinho e que, apesar do recuo de sua cabeça, ela cedia à doçura daquele beijo. Isso durou alguns segundos. Depois um sobressalto de revolta a tomou. Ela ergueu os braços e se libertou, com uma energia repentina, gemendo:

– Ah, é abominável! Ah, que ódio! Deixe-me! Deixe-me...! O que você fez é detestável.

Ele tentou dissimuladamente rir e, furioso com ela, tinha vontade de xingá-la. Mas não encontrava as palavras, e, enquanto ela o repelia e fugia na noite, ele repetia em voz baixa:

– O que é que isso significa!? Olhe só o pudor! E depois? O quê! Até parece que cometi um sacrilégio...

Ele ficou de pé, subiu pelo talude e a procurou. Onde estaria? Espessos arbustos protegiam sua fuga. Ele não tinha nenhuma esperança de alcançá-la.

Ele praguejou, esconjurou, não encontrava mais em si, agora, senão ódio e rancor de um homem desprezado, e ruminava para si mesmo a horrível ideia de retornar à estação e dar o alerta, até que ouviu gritos a alguma distância. Aquilo vinha da estrada, e de um lugar da estrada que dissimulava provavelmente uma encosta, e onde ele supôs que devia estar a carruagem. Correu até lá. Viu, com efeito, os dois faróis, mas eles lhe pareceram sair do lugar e mudar de direção. A carruagem se afastava, e isso não era mais o trote agradável de um cavalo, mas o galope de um animal que corria a golpes de chicote. Dois minutos mais tarde, Raoul, dirigido pelos gritos, entreviu na obscuridade a silhueta de um homem que gesticulava em meio a moitas e espinhos.

– O senhor é o médico de Romillaud? – disse ele. – Enviaram-me da estação ao seu encontro... O senhor foi atacado, não?

– Sim...! Um sujeito que passava me perguntou o caminho. Parei, e ele me segurou pela garganta, me amarrou e me jogou no meio dos espinhos.

– E fugiu com sua carruagem?

– Sim.

– Só?

– Não, com alguém que se juntou a ele... Foi aí que eu gritei.

– Um homem? Uma mulher?

– Não vi. Eles mal se falavam, e em voz baixa. Logo que partiram, gritei.

Raoul conseguiu atraí-lo e lhe disse:

– Então eles não o amordaçaram?

– Sim, mas mal.

– Com quê?

– Com meu lenço de pescoço.

– Existe uma maneira de amordaçar, e pouca gente a conhece – disse Raoul, que agarrou o lenço, passou-o pelo médico e se viu no dever de lhe mostrar como se fazia.

A lição foi seguida de outra operação, a de uma amarração bem executada, com a manta do cavalo e o arreio que Guillaume tinha utilizado (porque não se podia duvidar de que o agressor não fosse Guillaume e que a garota não tivesse se juntado a ele).

– Não o machuquei, não, doutor? Eu ficaria desolado. E depois não precisa temer os espinhos e as urtigas – acrescentou Raoul, conduzindo seu prisioneiro. – Veja, aqui é um lugar onde poderá passar uma noite nem tão ruim assim. O musgo deve ter sido queimado pelo sol, porque está seco... Não, não me agradeça, doutor. Esteja certo de que, se eu pudesse evitar...

A intenção de Limézy nesse momento era, a passos de ginástica, esperar os fugitivos, custasse o que custasse. Estava aborrecido por ter se deixado enganar. Era preciso ser estúpido! Como! Ele a tivera em suas mãos e, em vez de apertar-lhe a garganta, divertiu-se em beijá-la! Como ter ideias claras em tais condições?

Mas nessa noite as intenções de Limézy levavam sempre a atos contrários. Assim que deixou o doutor, se bem que não desistisse de seu projeto, dirigiu-se à estação com um novo plano, que consistia em tomar o cavalo de um policial para, assim, ter sucesso em sua empreitada.

Havia observado que os três cavalos da polícia montada se encontravam em um hangar vigiado por um membro da equipe. Chegou lá. O homem dormia à luz de um lampião. Raoul pegou sua faca para cortar uma das cordas, mas, em vez disso, começou a cortar, silenciosamente, com todas as precauções imagináveis, as correias soltas das selas dos três cavalos, e as das rédeas.

Assim, a perseguição à garota de olhos verdes, quando eles percebessem seu desaparecimento, se tornaria impossível.

"Não mais o que faço", pensou Raoul voltando a seu compartimento. Tenho horror daquela tratante. Nada seria mais agradável para mim do que a entregar à justiça e cumprir meu juramento de vingança. Contudo, todos os meus esforços tendem a salvá-la. Por quê?"

A resposta a essa pergunta, ele a conhecia bem. Se estava interessado na mocinha porque ela tinha olhos cor de jade, como não a protegeria agora que a sentia tão perto de si, toda desfalecida e com seus lábios sobre os dela? Será que a gente entrega uma mulher depois de lhe beijar a boca? Assassina, que seja. Mas ela havia estremecido sob seus carinhos, e ele compreendeu que, dali para a frente, nada no mundo poderia fazer com que ele não a defendesse contra todos. Para ele, o ardente beijo daquela noite dominava todo o drama e todas as resoluções às quais seu instinto, mais do que sua razão, lhe ordenava que ficasse atento.

Era por isso que devia retomar contato com Marescal, a fim de saber o resultado de suas buscas, e revê-lo igualmente a propósito da jovem inglesa e daquela sacola que Constance Bakefield lhe havia recomendado.

Duas horas depois, Marescal deixava-se cair de cansaço, em frente ao banco onde, no vagão isolado, Raoul o esperava tranquilamente. Despertado em sobressalto, acendeu a luz e, vendo o rosto descomposto do comissário, sua risca desarrumada e seu bigode descaído, exclamou:

– O que aconteceu, então, comissário? Está irreconhecível!

Marescal balbuciou:

– Ainda não sabe? Não ouviu?

– Absolutamente nada. Não ouvi nada depois que o senhor fechou essa porta.

– Fugiu.

– Quem?

– O assassino!

– Então o tinham pegado?

– Sim.

– Qual dos dois?

– A mulher.

– Então era mesmo uma mulher?

– Sim.

– E não souberam mantê-la ali?

– Sim. Só....

– Só o quê?

– Era uma trouxa de roupa.

Renunciando a perseguir os fugitivos, Raoul estava certamente obedecendo, entre outros motivos, a uma necessidade de vingança. Alvo de escárnio, queria escarnecer por sua vez e zombar do outro como tinham zombado dele. Marescal ali estava, vítima designada, de quem aliás esperava arrancar outras confidências, e cujo abatimento logo lhe provocou uma delicada emoção.

– É uma catástrofe – disse Raoul.

– Uma catástrofe – confirmou o comissário.

– E não tem nenhum dado?

– Nem o mínimo.

– Algum novo vestígio do cúmplice?

– Que cúmplice?

– O que combinou a evasão?

– Mas ele não tem nada a ver com isso! Temos as pegadas de seus sapatos, que estão por todo canto, principalmente no bosque. Ora, ao sair da estação, em uma poça de lama, ao lado de uma marca de sapato sem salto, recolhemos pegadas diferentes... um pé menor... solas mais bicudas.

Raoul empurrou o mais que pôde suas botas para baixo do banco e perguntou, muito interessado:

– Então existe mais alguém… de fora?

– Sem dúvida. E, segundo minha opinião, esse alguém vai fugir com a assassina utilizando a carruagem do médico.

– Do médico?

– Do contrário o teriam visto, o médico! E, se não o viram, foi porque o arrancaram da carruagem e o enfiaram em algum buraco.

– Uma carruagem, isso se alcança.

– Como?

– Os cavalos dos policiais…

– Corri até o hangar onde eles estavam abrigados e pulei em cima de um deles. Mas a sela escorregou, e rolei para a terra.

– O que está me dizendo?

– O homem que vigiava os cavalos estava dormindo, e enquanto isso tiraram as rédeas e as correias das selas. Nessas condições, foi impossível sair em sua perseguição.

Raoul não pode se impedir de rir.

– Caramba! Está aí um adversário digno do senhor.

– Um mestre. Tive ocasião de acompanhar detalhadamente um caso em que Arsène Lupin estava em luta contra Ganimard. O golpe dessa noite foi preparado com a mesma maestria.

Raoul foi impiedoso.

– É uma verdadeira catástrofe. Porque, enfim, o senhor contava muito com essa prisão para o seu futuro, não…?

– Muito – disse Marescal, cuja derrota o dispunha mais e mais a fazer confidências. Tenho inimigos poderosos no ministério, e a captura, por assim dizer instantânea, dessa mulher iria me servir bastante. Pense só…! A repercussão do caso…! O escândalo dessa criminosa, dissimulada, jovem, bonita… Da noite para o dia, eu estava nos holofotes. E depois…

Marescal hesitou ligeiramente. Mas há momentos em que nenhuma razão nos impediria de falar e de mostrar o fundo de nossa alma, sob pena de nos arrependermos. Ele se abriu então.

– E, depois, isso dobraria, triplicaria a importância da vitória que eu obteria em terreno oposto...!

– Uma segunda vitória? – disse Raoul com admiração.

– Sim, e definitiva, é isso.

– Definitiva?

– Certamente, ninguém pode arrancá-la de mim, já que se trata de uma morta.

– Da jovem inglesa, talvez?

– Da jovem inglesa.

Sem abandonar seu ar um tanto ingênuo, e como cedia sobretudo ao desejo de admirar as proezas de seu companheiro, Raoul perguntou:

– Poderia me explicar...?

– Por que não? O senhor será informado duas horas antes dos juízes, é tudo.

Embriagado de cansaço, com o cérebro confuso, Marescal teve a imprudência, contrariamente a seus hábitos, de tagarelar como um novato. Inclinando-se para Raoul, disse a ele:

– Sabe quem era essa inglesa?

– O senhor a conhecia então, comissário?

– Se eu a conhecia! Éramos bons amigos, mesmo. Depois de seis meses, eu a vigiava, vivia à sua sombra, procurava contra ela provas que não conseguia reunir...!

– Contra ela?

– É! Caramba, contra ela! Contra Lady Bakefield, de um lado filha de Lorde Bakefield, par da Inglaterra e multimilionário, mas, de outro, ladra internacional, rata de hotel e chefe de quadrilha, tudo isso por prazer, por diletantismo. E ela também, a espertalhona, havia me desmascarado, e, quando lhe falei, eu a senti desdenhosa e segura de si mesma. Ladra, sim, e eu tinha prevenido meus chefes.

"Mas como prendê-la? Ora, desde ontem eu estava com ela nas mãos. Tinha sido advertido por alguém de seu hotel, a nosso serviço, que a srta. Bakefield tinha recebido de Nice, ontem, o plano de uma *villa* que vai ser assaltada, a Villa B…, como a designavam em uma carta anexa, que ela guardara esses papéis em uma pequena sacola de couro, com um maço de documentos bastantes suspeitos, e que partia para o Midi. Daí a minha partida. 'Lá', pensava eu, 'ou bem a prendo em flagrante delito ou ponho a mão nesses documentos'. Nem precisei esperar tanto tempo. Os bandidos a entregaram a mim."

– E a sacola?

– Ela a levava por baixo da roupa, presa por uma correia. E agora aqui está – diz Marescal, batendo em seu paletó na altura da cintura. Só tive tempo de lhe dar uma olhadela, que me permitiu entrever peças irrecusáveis, como o plano da Villa B…, onde, de próprio punho, ela acrescentou a lápis azul esta data: 28 de abril. Dia 28 de abril é depois de amanhã, quarta-feira.

Raoul não deixou de sentir certa decepção. Sua linda companheira de uma noite, uma ladra! E sua decepção era tanto maior porque ele não podia protestar contra uma acusação justificada por tão numerosos detalhes e que explicava por exemplo a clarividência da inglesa no que lhe dizia respeito. Associada a uma quadrilha de ladrões internacionais, ela possuía, sobre eles e sobre os outros, indicações que lhe permitiam entrever, por trás de Raoul de Limézy, a silhueta de Arsène Lupin.

E devia-se acreditar que, no momento de sua morte, as palavras que ela se esforçava em vão por dizer eram palavras de confissão e de súplica que se dirigiam justamente a Lupin: "Defenda minha memória… Meu pai não deve saber de nada…! Meus documentos devem ser destruídos!"?

– Então, comissário, vai ser a desonra para a nobre família dos Bakefields?

– O que o senhor quer…? – disse Marescal.

Raoul continuou:

– Essa ideia não é penosa para o senhor? E, do mesmo modo, essa ideia de entregar à justiça uma moça como aquela que acabou de nos escapar? Porque ela é muito jovem, não?

– Muito jovem e muito bela.

– E apesar disso?

– Senhor, apesar disso e apesar de todas as considerações possíveis, nada jamais vai me impedir de fazer meu dever.

Pronunciou essas palavras como um homem que evidentemente procura recompensa para seu mérito, mas cuja consciência profissional domina todos os pensamentos.

– Disse bem, comissário – aprovou Raoul, embora avaliasse que Marescal parecia confundir seu dever com muitas outras coisas onde ele entrava, sobretudo com o rancor e a ambição.

Marescal consultou o relógio de pulso e depois, vendo que teria tempo para repousar antes que chegassem os representantes do Ministério Público, recostou-se um pouco e rabiscou algumas anotações em um caderninho, que não tardou a cair sobre seus joelhos. O senhor comissário entregava-se ao sono.

Em frente a ele, Raoul o contemplou durante alguns minutos. Após o reencontro deles no trem, sua memória lhe apresentava pouco a pouco lembranças mais precisas de Marescal. Evocava um rosto de policial bastante intrigante, ou antes de amador rico, que trabalhava na polícia por gosto e por prazer, mas também para servir a seus interesses e paixões.

Um homem de sorte, aquele, Raoul se lembrava muito bem, corria atrás das mulheres, nem sempre escrupuloso, e a quem elas ajudavam, às vezes, em sua carreira um tanto rápida demais. Não se dizia mesmo que ele frequentava até a casa de seu ministro e que a esposa deste não era estranha a certos favores imerecidos...?

Raoul pegou o caderninho e escreveu, ao mesmo tempo que vigiava o policial:

Observações relativas a Rodolphe Marescal.

Agente notável. Iniciativa e lucidez. Mas muito falastrão. Confia no primeiro que aparece, sem lhe perguntar o nome, nem verificar o estado de suas botas, nem mesmo olhar para ele e tomar nota de sua fisionomia.

Muito mal-educado. Se encontra, ao sair de uma confeitaria do Boulevard Haussmann, uma senhorita que conhece, ele a aborda e lhe fala contra a vontade dela. Se a reencontra horas depois, disfarçada, coberta de sangue e vigiada por policiais, não se certifica se a fechadura está em bom estado e se o sujeito que a deixou na cabine do trem não está agachado atrás das encomendas postais.

Nem é, portanto, de se admirar que o sujeito, aproveitando-se de falhas tão grosseiras, decida conservar um valioso anonimato, recusar seu papel de testemunha e de vil delator, tomar para si esse estranho caso e defender energicamente, com a ajuda de documentos da sacola, a memória da pobre Constance e a honra dos Bakefields, dedicar toda a sua energia a castigar a desconhecida de olhos verdes, sem que a ninguém seja permitido tocar em um único fio de seu cabelo loiro ou pedir contas do sangue que mancha suas adoráveis mãos.

Como assinatura, Raoul, evocando seu encontro com Marescal diante da pastelaria, desenhou uma cabeça de homem de óculos e um cigarro nos lábios, e escreveu: "Tem fogo, Rodolphe?".

O comissário roncava. Raoul recolocou o caderninho nos joelhos dele, depois tirou do bolso um pequeno frasco o qual abriu e fez com que Marescal o aspirasse. Um forte odor de clorofórmio se desprendeu. A cabeça de Marescal se inclinou mais.

Então, bem devagarinho, Raoul abriu-lhe o sobretudo, desafivelou as correias da sacola e as passou em torno de sua própria cintura, sob seu casaco.

Passava justamente um trem, a pouca velocidade, um trem de carga. Baixou o vidro, pulou sem ser visto, de um estribo ao outro, e se instalou confortavelmente sob o toldo de um vagão carregado de maçãs.

"Uma ladra que foi morta", dizia ele consigo, "e uma assassina de quem tenho horror, tais são as pessoas recomendáveis às quais concedo minha proteção. Por que diabo me lancei nessa aventura?"

ASSALTO À VILLA B...

"Se há um princípio ao qual me mantenho fiel", disse-me Arsène Lupin, quando, muitos anos depois, contou-me a história da garota de olhos verdes, "é nunca tentar a solução de um problema antes que seja a hora. Para atacar certos enigmas, é preciso esperar que a sorte, ou que sua habilidade, lhe traga um número suficiente de fatos reais. É preciso não avançar sobre o caminho da verdade senão com prudência, passo a passo, de acordo com o progresso dos acontecimentos."

Raciocínio tanto mais justo em um caso em que não havia senão contradições, absurdos, atos isolados que não pareciam ter ligação nenhuma uns com os outros. Nenhuma unidade. Nenhuma diretriz pensada. Cada qual caminhava por sua própria conta. Jamais Raoul sentiu a esse ponto o quanto se deve desconfiar de toda precipitação nesses tipos de aventuras. Deduções, intuições, análise, exame, tantas ciladas em que devemos evitar de cair.

Ele permaneceu então toda a tarde debaixo do toldo de seu vagão, enquanto o trem de carga rumava para o sul, entre os campos ensolarados. Devaneava serenamente, comendo maçãs para apaziguar a fome, e, sem perder tempo em construir hipóteses sobre a bela garota, sobre seu crime e sobre sua alma tenebrosa, saboreava as lembranças da boca mais macia e mais requintada que sua boca havia beijado. Esse era o único fato que ele queria levar em conta. Vingar a inglesa, punir a culpada, agarrar o terceiro cúmplice, reaver o dinheiro roubado, evidentemente, isso seria interessante. Mas reencontrar os olhos verdes e os lábios aos quais se abandonou, que volúpia!

A exploração da sacola não lhe esclareceu grande coisa. Listas de cúmplices, correspondência com afiliados de todo o país... Ai! A srta. Bakefield era mesmo uma ladra, como mostravam todas as provas que os mais habilidosos tinham tido a imprudência de não destruir. Ao lado disso, cartas de Lorde Bakefield em que se revelava toda a ternura e honestidade do pai. Mas nada que indicasse o papel desempenhado por ela no caso nem a relação existente entre a aventura da jovem inglesa e o crime dos três bandidos, ou seja, em suma, entre a srta. Bakefield e a assassina.

Um único documento, ao qual Marescal havia feito alusão, e que era uma carta endereçada à inglesa relativamente ao assalto da Villa B...

Você vai encontrar a Villa B... à direita da estrada de Nice a Cimiez, depois da Arena Romana. É uma construção maciça, em um grande jardim rodeado de muros.

Na última quarta-feira de cada mês, o velho conde de B... se instala no fundo de sua caleche e desce a Nice com seu criado, duas criadas e um cesto de provisões. Portanto, casa vazia das três às cinco horas.

Dar a volta pelos muros do jardim, até a parte que domina o vale de Paillon. Pequena porta de madeira carcomida, cuja chave lhe envio por esta mesma correspondência.

É certo que o conde de B..., que não se dava bem com a mulher, não encontrou o pacote de títulos que ela escondeu. Mas uma carta escrita pela defunta a uma amiga fazia alusão a uma caixa de violino quebrada que se acha em uma espécie de mirante onde se empilham objetos sem uso.

Incluo a planta do jardim e a da mansão. No alto da escada fica o mirante, quase em ruínas. A expedição necessita de duas pessoas, uma das quais vai fazer a vigília, pois deve-se ficar atento a uma vizinha, que é lavadeira e que vem frequentemente por outra entrada do jardim, fechada por uma cancela gradeada da qual só ela tem a chave.

Marque a data (na margem, uma anotação em lápis azul indicava 28 de abril) e me previna, a fim de que nos encontremos no mesmo hotel.

Assinado G.

P.S.: Minhas informações sobre o sujeito do grande enigma do qual lhe falei continuam sempre muito vagas. Será que se trata de um tesouro considerável, de um segredo científico? Não sei nada ainda. A viagem que preparo será, portanto, decisiva. Sua intervenção vai ser muito útil então!

Até nova ordem, Raoul desconsiderou esse pós-escrito muito estranho. Era, segundo uma expressão que ele apreciava, um desses cipoais em que não se pode penetrar senão à força de suposições e interpretações perigosas. Enquanto o assalto à Villa B...!

Esse assalto assumia para ele, pouco a pouco, um interesse particular. Refletiu muito sobre ele. Tira-gosto certo. Mas existem tira-gostos que valem um prato substancial. E, uma vez que Raoul descera até o Midi, seria um grande lapso não levar em consideração tão bela ocasião.

Na estação de Marselha, na noite seguinte, Raoul pulou de seu vagão de carga e tomou assento em um expresso do qual desceu em Nice, na

ARSÈNE LUPIN E A GAROTA DE OLHOS VERDES

manhã de 28 de abril, depois de ter aliviado um valente burguês de algumas notas que lhe permitiram comprar uma mala, roupas, roupa íntima, e escolher o Majestic Palace, no sopé de Cimiez.

Lá almoçou, lendo nos jornais da região os relatos mais ou menos fantasiosos sobre o caso de expresso. Às duas horas da tarde saiu, tão transformado de roupa e de aparência que teria sido quase impossível Marescal reconhecê-lo. Mas como Marescal poderia supor que seu mistificador teria a audácia de substituir a srta. Bakefield no assalto anunciado a uma *villa*?

"Quando um fruto está maduro", dizia-se Raoul, "nós o colhemos. Ora, esse aí me parece exatamente no ponto, e eu seria verdadeiramente muito idiota se o deixasse apodrecer. A pobre srta. Bakefield não me perdoaria."

A Villa Faradoni fica de frente para a estada e domina um vasto terreno montanhoso e plantado com oliveiras. Caminhos rochosos e quase sempre desertos acompanham pelo exterior os três outros lados do terreno. Raoul fez a inspeção, notou uma pequena porta de madeira carcomida, mais adiante uma cancela de ferro, entreviu em um campo vizinho uma casinha que devia ser a da lavadeira, e voltou às imediações da rodovia, no instante em que uma antiga caleche se afastava em direção a Nice. O conde Faradoni e seu pessoal iam comprar provisões. Eram três horas.

"Casa vazia", pensou Raoul. Não é muito provável que o correspondente da srta. Bakefield, que não deve ignorar neste momento o assassinato de sua cúmplice, venha tentar a aventura. Portanto, a nós o violino quebrado!"

Retornou pela pequena porta carcomida a um lugar em que tinha observado que o muro oferecia algumas asperezas que facilitavam a escalada. De fato, ele o transpôs facilmente e se dirigiu para a mansão por alamedas malcuidadas. Todas as portas-janelas do térreo estavam abertas. A do saguão o conduziu à escada, no alto da qual se encontrava o mirante. Mas mal colocou o pé no primeiro degrau e soou uma campainha elétrica.

"Caramba", disse a si mesmo, "estará a casa cheia de dispositivos de segurança? Será que o conde desconfia?"

O toque que retiniu no saguão, ininterrupto e horripilante, parou subitamente assim que Raoul se mexeu do lugar. Desejoso de se livrar daquilo, examinou o aparelho de alarme que estava fixado junto ao teto, seguiu o fio que descia ao longo do batente da porta e constatou que vinha de fora. Portanto, o acionamento não fora produzido por ele, mas por causa de uma intervenção externa.

Saiu. O fio corria pelo ar, bem alto, suspenso de galho em galho, e segundo a sua direção, e seguindo a direção que ele mesmo tomara ao entrar. Logo ficou convencido de uma coisa.

"Quando se abre a portinha carcomida, o alarme é acionado. Por conseguinte, alguém quis entrar, e então desistiu ao ouvir o barulho longínquo da campainha."

Raoul se desviou um pouco para a esquerda e chegou ao alto de um montículo, cheio de folhagens, de onde se descortinavam a casa, todo o campo de oliveiras e certas partes do muro, como as imediações da porta de madeira.

Esperou. Uma segunda tentativa aconteceu, mas de uma maneira que ele não tinha previsto. Um homem escalou o muro, assim como ele mesmo havia feito, e, no mesmo lugar, sentado no alto do muro, desligou a extremidade do fio e saltou para o chão.

A porta, na verdade, foi empurrada de fora, a campainha não tocou, e outra pessoa entrou, uma mulher.

O acaso desempenha, na vida dos grandes aventureiros, e sobretudo no início de suas empreitadas, um papel de verdadeiro colaborador. Mas, por mais extraordinário que fosse, seria realmente por acaso que a garota de olhos verdes se encontraria lá e que estaria em companhia de um homem que não poderia ser senão o senhor Guillaume? A rapidez de sua fuga e de sua viagem, a súbita intrusão deles nesse jardim, nessa data de 28 de abril e a essa hora da tarde, tudo isso não mostrava que também conheciam o negócio e foram diretamente ao alvo com a mesma certeza que ele? E, ainda, não lhe seria lícito ver ali o que Raoul procurava, uma relação certa ente as empreitadas da inglesa, vítima, e da francesa, assassina? Munidos de suas passagens, suas bagagens registradas em Paris, os cúmplices tinham, com toda a naturalidade, continuado sua expedição.

Vinham os dois ao longo das oliveiras. O homem bem magro, todo escanhoado, ar de um ator pouco simpático, tinha um mapa na mão e caminhava com passos cautelosos e olhos perscrutadores.

A garota… Verdadeiramente, se bem que não pusesse em dúvida sua identidade, Raoul mal a reconhecia. Como havia mudado aquele alegre rosto feliz e sorridente que ele tanto tinha admirado alguns dias antes na confeitaria do Boulevard Haussmann! E não era tampouco a imagem trágica percebida no corredor do expresso, mas um pobre rosto contraído, dolorido, amedrontado, que dava pena ver. Vestia um vestido muito simples, cinza, sem ornamentos, e um chapéu de palha que escondia seu cabelo loiro. Ora, como ele contornava o montículo onde ele se espreitava, ajoelhado no meio da folhagem, Raoul teve a visão brusca, instantânea, como a de um relâmpago, de uma cabeça de homem, sem chapéu… cabeleira negra revolta… fisionomia comum… Isso não durou um segundo.

Seria um terceiro cúmplice, postado na ruela?

O par se deteve mais além do montículo, no local onde se cruzavam o caminho da porta e o caminho da cancela. Guillaume se afastou correndo em direção à casa. Deixou a garota sozinha.

Raoul, que se encontrava a uma distância de cinquenta passos no máximo, olhou-a avidamente e pensava que outro olhar, o de um homem escondido, devia contemplá-la também pelas frestas da porta carcomida.

Que fazer? Preveni-la? Levá-la, como em Beaucourt, e livrá-la dos perigos que não conhecia?

A curiosidade foi mais forte que tudo. Ele queria saber. No meio daquela embrulhada toda, em que iniciativas contrárias se acumulavam, em que os ataques se cruzavam, sem que fosse possível ver claro, esperava que um fio condutor surgisse, permitindo-lhe, em um momento específico, escolher um caminho em vez de outro, e não mais agir ao acaso de um impulso de piedade ou de um desejo de vingança.

Por enquanto, ela permanecia apoiada contra um árvore e brincava distraidamente com o apito que lhe devia servir em caso de alerta. A juventude de seu rosto, um rosto de menina quase, se bem que ela não tivesse com certeza mais de vinte anos, surpreendeu Raoul. Os cabelos, sob o chapéu um pouco levantado, brilhavam como argolas de metal e formavam como que uma auréola de alegria.

O tempo passava. De repente, Raoul ouviu a cancela de ferro que chiava e viu, do outro lado do montículo, uma mulher do povo, que vinha cantarolando e se dirigia à casa, com um cesto de roupa no braço. A garota de olhos vedes também ouviu. Cambaleou, deslizou entre as árvores até o chão, e a lavadeira continuou seu caminho sem perceber aquela silhueta caída atrás do maciço de arbustos que marcava a encruzilhada.

Decorreram momentos terríveis. Que faria Guillaume, surpreendido em pleno roubo e frente a frente com aquela intrusa? Mas aconteceu o fato inesperado de que a lavadeira entrou na casa por uma porta de serviço e que, no mesmo momento em que ela desaparecia, Guillaume voltava de sua expedição, carregando um pacote envolto em um jornal que tinha a exata forma de uma caixa de violino. O encontro, portanto, não ocorreu.

A desconhecida, dissimulada em seu esconderijo, não viu isso imediatamente e, durante a aproximação surda de seu cúmplice, que andava furtivamente sobre a relva, ela conservava o rosto espantado de Beaucourt, após o assassinato da srta. Bakefield e dos dois homens. Raoul a detestava.

Houve uma breve explicação que revelou a Guillaume o perigo que havia corrido. Ele, por seu lado, vacilou, e, quando se afastaram do montículo, titubearam os dois, lívidos e terrificados.

"Sim, sim", pensou Raoul, cheio de desprezo, "se é Marescal ou seus acólitos que estão de tocaia atrás do muro, tanto melhor! Que os dois sejam apanhados! E metidos na prisão!"

Dir-se-ia que naquele dia as circunstâncias frustravam todas as previsões de Raoul e que ele seria constrito a agir contra a própria vontade, e, em todo caso, sem refletir. A vinte passos da porta, ou seja, a vinte passos da suposta emboscada, o homem cuja cabeça Raoul percebera no alto do muro pulou no mato que dominava a alameda; com um soco no meio do queixo, Guillaume pôs Raoul fora de combate, puxou a garota, que agarrou no braço como um pacote, pegou a caixa de violino e correu através do campo de oliveiras e no sentido oposto ao da casa.

Raoul se precipitou em seguida. O homem, ao mesmo tempo leve e robusto, safou-se muito depressa e sem olhar para trás, como alguém que não tem dúvida de que ninguém poderá impedi-lo de atingir seu objetivo.

Cruzou assim um pátio plantado de limoeiros que se erguia ligeiramente até um promontório, onde o muro, de um metro de altura no máximo, devia conter um aterro do lado de fora.

Ali, colocou no chão a garota, que em seguida fez deslizar para o exterior segurando-a pelos punhos. Depois desceu ele, após ter lançado o violino.

"Maravilha", disse consigo Raoul. "Ele deve ter escondido um automóvel em um caminho afastado que beira o jardim nesse ponto. Depois, tendo espiado e, um pouco mais tarde, capturado a garota, volta a seu ponto de chegada e a deixa cair, inerte e sem resistência, no banco do carro."

Aproximando-se, Raoul constatou que não se enganara. Um grande automóvel conversível de capota arriada estava ali estacionado.

A partida foi imediata. Duas voltas na manivela... O homem pulou para o lado de sua presa e arrancou rapidamente.

O solo era acidentado, cheio de pedras. O motor estava sendo forçado e arquejava. Raoul pulou atrás, alcançou facilmente o carro, passou por cima da capota arriada e se deitou na frente do banco de trás, abrigado sob um casaco que estava no banco. O agressor, não se virando nem uma única vez na confusão daquela mudança de marcha difícil, não ouviu nada.

Ganharam o caminho de fora dos muros, depois a rodovia. Antes de virar, o homem colocou no pescoço da garota uma mão forte e nodosa, e grunhiu:

– Se você se mexer, está perdida. Esgano sua goela como fiz com a outra... Sabe o que quero dizer...?

E acrescentou, com uma risadinha:

– Aliás, não mais que eu, você não tem vontade de gritar por socorro, hein, menina?

Camponeses e transeuntes seguiam pela estrada. O carro se afastou de Nice e correu para as montanhas. A vítima não se mexeu.

Como Raoul não iria tirar dos fatos e das palavras pronunciadas o significado lógico que comportavam? Em meio a esse emaranhado de peripécias, ele aceitou bruscamente a ideia de que o homem era o terceiro bandido do trem, aquele que havia esganado a goela da "outra", ou seja, da srta. Bakefield.

"É isso", pensou ele. "Não vale a pena se embaraçar em meditações e deduções lógicas. É isso. E aí está mais uma prova de que há uma ligação entre o caso Bakefield e o negócio dos três bandidos. Na certa, Marescal tinha razão em pretender que a inglesa fora morta por engano, mas, de qualquer modo, todas essas pessoas desceram até Nice com o mesmo objetivo, assaltar a Villa B. Esse assalto fora Guillaume que combinara.

Guillaume, o autor evidente da carta assinada G., Guillaume, que, ele mesmo, fazia parte das duas quadrilhas e que perseguia ao mesmo tempo o assalto com a inglesa e a solução do grande enigma do qual fala no pós-escrito. Depois disso, a inglesa estando morta, Guillaume quis executar o golpe que tinha combinado. Leva consigo a garota de olhos verdes porque são necessárias duas pessoas. E o golpe teria sucesso se o terceiro bandido, que vigiava os cúmplices, não tivesse recolhido os despojos e não tivesse aproveitado a ocasião para levar os "olhos verdes". Com que propósito? Haveria rivalidade amorosa entre os dois homens? Por ora, não perguntemos mais nada.

Alguns quilômetros mais adiante, o carro virou à direita, desceu por curvas abruptamente desenhadas, depois se dirigiu para a estrada de Levens, de onde se podia chegar quer às gargantas do Var, quer ao alto das montanhas. E então?

"Sim, então", disse ele consigo, "o que devo fazer se a expedição alcançar algum reduto de bandidos? Devo esperar estar só diante de meia-dúzia de sequestradores com os quais precisarei disputar os olhos verdes? "

– Nada de besteiras! Se você deve morrer, será por mim, e com hora marcada. Não esqueceu o que lhe falei no expresso, antes que Guillaume e você matassem os dois irmãos. Assim, aconselho você…

Não terminou. Virando-se para a garota, entre duas curvas, percebeu uma cabeça e um busto que o separavam dela, uma cabeça careteira e um busto espaçoso que o empurrou para o seu canto. E uma voz debochada riu:

– Como vai, velho camarada?

O homem ficou aturdido. Uma guinada falha os lançou, aos três, em um barranco. Ele balbuciou:

– Com mil diabos! Quem é esse sujeitinho aí? De onde ele apareceu?

– Como! – disse Raoul. – Você não me reconhece? Já que falou do expresso, deve se lembrar, vejamos... O tipo que você socou no início? O pobre coitado de quem você surrupiou vinte e três notas? A senhorita me reconhece bem, você aí? Não? Senhorita, reconhece o homem que a carregou nos braços, naquela noite, e que a deixou tão amavelmente?

A garota se calou, curvada sob seu chapéu. O homem continuou a balbuciar.

– Quem é esse pássaro aí? De onde ele saiu?

– Da Villa Faradoni, onde eu estava de olho em você. E agora precisa parar para que a senhorita desça.

O indivíduo não respondeu. Aumentou a velocidade.

– Quer ser mau? Está enganado, camarada. Deve ter viso nos jornais que eu o poupei. Não soprei uma palavra de você, e, por consequência, é a mim que acusam de ser o chefe da quadrilha! Eu, um passageiro inofensivo que não pensa senão em salvar todo mundo. Vamos, camarada, freie um pouco e diminua a marcha...

A estrada serpenteava em um desfiladeiro, agarrada à parede de uma falésia e ladeada por um parapeito que seguia a sinuosidade de uma torrente. Muito estreita, era ainda compartilhada por uma linha de bondes. Raoul julgou a situação favorável. Meio erguido, ele espiava os horizontes restritos que se ofereciam a cada curva.

Subitamente ele se levantou, virou-se, abriu os braços, passou-os à direita e à esquerda do inimigo, desabou verdadeiramente sobre ele, e, por cima de seus ombros, agarrou o volante com as duas mãos.

O homem, desconcertado, fraquejou, balbuciando:

– Deus! Mas é louco! Ah, raios, vai nos jogar na ribanceira... Solte-me, estúpido!

Tentava se desvencilhar, mas os dois braços o apertavam como um torno, e Raoul lhe disse rindo:

– Precisa escolher, meu caro amigo. O despenhadeiro ou ser esmagado pelo bonde. Tome, vamos lá, o bonde, que desliza ao seu encontro. Precisa parar, velho camarada. Senão...

De fato, a pesada máquina surgiu a cinquenta metros. Na velocidade em que iam, a parada tinha que ser imediata. O homem compreendeu e freou, enquanto Raoul, agarrado à direção, imobilizava o carro sobre as linhas do bonde. Frente a frente, poder-se-ia dizer, os dois veículos pararam.

O homem não se desenfureceu.

– Maldição! Quem é esse sujeitinho aí? Ah, você vai me pagar.

– Faça suas contas. Tem uma caneta? Não? Então, se não tem intenção de se deitar na frente do bonde, vamos liberar o caminho.

Estendeu a mão à garota, que a recusou, para descer, e que ficou esperando na estrada.

Enquanto isso os passageiros se impacientavam. O condutor gritava. Logo que o caminho ficou livre, o bonde se foi.

Raoul, que ajudava o homem a empurrar o carro, disse-lhe imperiosamente:

– Viu como eu trabalhei, hein, meu velho? Ei, bem, se você ainda se atrever a aborrecer a senhorita, eu o entrego para a justiça. Foi você que combinou o golpe do expresso e estrangulou a inglesa.

O homem se voltou, lívido. No rosto de barba por fazer e pele já vincada de rugas, os lábios tremiam.

Ele gaguejou:

– Mentira... Não toquei nela...

– Foi você, tenho todas as provas... Se for apanhado, vai ser executado... Portanto, vá embora. Deixe o carro. Vou para Nice com a garota. Vamos, suma!

Com um forte tranco de ombros, Raoul pulou do carro e agarrou o violino embrulhado. Mas, deixando escapar uma praga:

– Caramba! Ela fugiu.

A garota de olhos verdes não estava mais na estrada, é verdade. Ao longe, o bonde desaparecia. Aproveitando que os dois adversários discutiam, ela se refugiara ali.

A cólera de Raoul recaiu sobre o homem.

– Quem é você? Hein? Você conhece aquela mulher? Qual é o nome dela? E o seu nome? E como é que...

O homem, igualmente furioso, queria arrancar o violino de Raoul, e a luta começou, quando passou um segundo bonde. Raoul se jogou nele, enquanto o bandido tentava em vão dar partida no carro.

Chegou furioso ao hotel. Felizmente, ele tinha, agradável compensação, os títulos da condessa Faradoni.

Desfez o embrulho de jornal. Ainda que privado do braço e de todos os seus acessórios, o violino estava muito mais pesado do que deveria ser.

Ao examiná-lo, Raoul constatou que uma das talas do instrumento tinha sido habilmente retirada, em toda a volta, e depois recolocada e colada.

Ele a descolou.

O violino não continha senão um pacote de jornais velhos, o que levava a crer que ou a condessa tinha dissimulado sua fortuna em outra parte ou o conde, tendo descoberto o esconderijo, aproveitava tranquilamente a renda que a condessa quisera impedi-lo de usufruir.

– De mãos vazias, completamente! – vociferou Raoul. – Ah, mas ela começa a me irritar, a garota de olhos verdes! E não é que ela está me recusando sua mão? O quê? Não me quer porque roubei um beijo de sua boca? Santinha, vá!

O TERRA-NOVA

Por toda uma semana, não sabendo para onde levar a batalha, Raoul leu atentamente as reportagens dos jornais que relatavam o triplo assassinato do expresso. É inútil falar detalhadamente aqui dos acontecimentos já bem conhecidos do público, ou das suposições feitas, ou dos erros cometidos, ou das pistas seguidas. Este caso, profundamente misterioso e que apaixona o mundo inteiro, só desperta interesse hoje em razão do papel que Arsène Lupin nele desempenhou e na medida em que influiu na descoberta de uma verdade que podemos enfim estabelecer de maneira absoluta. Sendo assim, por que desencavar detalhes fastidiosos e lançar luz sobre fatos que ficaram em segundo plano?

Lupin, ou melhor, Raoul de Limézy, em contrapartida, viu imediatamente a que se restringiram para ele os resultados do inquérito, e assim os anotou:

1º: O terceiro cúmplice, ou seja, o brutamontes do qual arranquei a senhorita de olhos verdes, tendo permanecido na sombra, e de cuja existência ninguém sabe, acontece que, aos olhos da polícia, é o passageiro desconhecido, quer dizer, eu, que sou o investigador do caso. Sob a evidente inspiração de Marescal, que ficou fortemente impressionado com minhas detestáveis manobras em relação a ele, eu me transformo em uma personagem diabólica e onipotente, que organizou o complô e dominou todo o drama. Vítima aparente de meus camaradas, amarrado e amordaçado, eu os dirijo, velo por sua segurança e desapareço na sombra, sem deixar outros rastros senão os de minhas botas;

2º: Em relação aos outros cúmplices, admite-se, segundo o depoimento do médico, que empreenderam a fuga com a carruagem do próprio médico. Mas até onde? De madrugada, o cavalo trazia a carruagem através dos campos. De qualquer modo, Marescal não hesita: arranca a máscara do bandido mais jovem e denuncia sem piedade uma mulher jovem e bela, da qual não dá, contudo, a indicação, reservando-se assim o mérito de uma sensacional e próxima prisão;

3º: Os dois homens assassinados são identificados. Eram dois irmãos, Arthur e Gaston Loubeaux, sócios no lançamento de uma marca de champanhe e domiciliados em Neuilly, às margens do rio Sena;

4º: Um ponto importante: o revólver com o qual os dois irmãos foram mortos, e que foi encontrado no corredor, forneceu um indício formal. Foi encontrado quinze dias atrás por um jovem, magro e alto, que sua companheira, uma jovem ladra, chamava de Guillaume;

5º: Enfim, srta. Bakefield. Contra ela, nenhuma acusação. Marescal, sem provas, não ousa se arriscar e guarda um silêncio prudente. Simples passageira, mulher da sociedade muito conhecida em Londres e na Riviera, juntou-se ao pai em Monte Carlo. Eis tudo. Foi assassinada por engano? É possível. Mas por que os dois Loubeaux foram mortos? Quanto a isso e quanto ao resto, trevas e contradições.

ARSÈNE LUPIN E A GAROTA DE OLHOS VERDES

"E, como não estou a fim", concluiu Raoul, "de quebrar a cabeça, deixemos a polícia se atolar e vamos agir."

Se Raoul falava assim, é porque sabia, enfim, em que sentido agir. Os jornais da região publicavam esta nota:

"Nosso distinto hóspede Lorde Bakefield, após ter assistido às exéquias de sua infeliz filha, voltou para nosso meio e vai passar este fim de estação, segundo seu hábito, no Bellevue de Monte Carlo.

Nessa noite, Raoul de Limézy tomava, no Bellevue, um quarto contíguo às três peças ocupadas pelo inglês. Todas as peças, assim como os outros quartos do térreo, davam para um grande jardim – sobre o qual cada um tinha sua escadinha e sua saída – que se estendia diante da fachada oposta à entrada do hotel.

No dia seguinte, avistou o inglês no momento em que ele descia de seu quarto. Era um homem ainda jovem, de aspecto pesado, e cuja tristeza e prostração se exprimiam por movimentos nervosos em que havia angústia e desespero.

Dois dias depois, como Raoul se propunha transmitir-lhe sua carta, com o pedido de uma entrevista confidencial, avistou no corredor alguém que vinha bater à porta vizinha: Marescal.

O fato não o espantou muito. Uma vez que ele mesmo viera para pesquisas por essas bandas, era bastante natural que Marescal procurasse saber o que pudesse conseguir do pai de Constance.

Sendo assim, abriu uma das folhas almofadadas do porta-balcão que o separava do quarto contíguo. Mas não ouviu nada da conversa.

Houve outra no dia seguinte. Raoul conseguira penetrar nos aposentos do inglês e puxou o ferrolho. De seu quarto, entreabriu a segunda folha, dissimulada por uma tapeçaria. Novo revés. Os dois interlocutores falavam tão baixo que ele não escutava a menor palavra.

Perdeu assim três dias, que o inglês e o policial empregaram em conciliábulos que o intrigavam vivamente. Que intenção teria Marescal?

Revelar a Lorde Bakefield que sua filha era uma ladra, isso, certamente, Marescal não pesava mesmo. Mas então seria de se supor que ele esperava dessas entrevistas outra coisa além de indícios.

Uma manhã, enfim, Raoul, que até aqui não havia escutado muitas chamadas telefônicas que Lorde Bakefield recebia em uma peça mais distante de seu apartamento, conseguiu captar o fim de uma ligação: "Está combinado, senhor. Encontro no jardim do hotel hoje às três horas. O dinheiro estará pronto, e meu secretário vai levá-lo ao senhor em troca das quatro cartas de que falou...".

"Quatro cartas... dinheiro...", disse Raoul consigo. "Isso para mim tem todo o jeito de tentativa de chantagem... E, nesse caso, não seria o mestre-cantor o senhor Guillaume, o qual evidentemente deve rodar pela vizinhança e que, cúmplice da srta. Bakefield, tentaria hoje rentabilizar sua correspondência com ela?"

As reflexões de Raoul confirmavam essa explicação, que esclarecia completamente os atos de Marescal. Chamado provavelmente por Lorde Bakefield, que Guillaume tinha ameaçado, o comissário preparava uma emboscada em que o jovem malfeitor deveria fatalmente cair. Que fosse. Por aquilo Raoul só podia regozijar-se. Mas será que a garota de olhos verdes estaria na combinação?

Naquele dia, Lorde Bakefield reteve o comissário para almoçar com ele. Terminado o almoço, dirigiram-se para o jardim e deram várias voltas em torno dele conversando com animação. Às duas horas e quarenta e cinco minutos, o policial entrou no apartamento. Lorde Bakefield se sentou em um banco, bem à vista, e não longe de uma cancela aberta por onde o jardim se comunicava com o exterior.

De sua janela, Raoul vigiava.

"Se ela vier, pior para ela!", murmurou. "Tanto pior! Não vou levantar um dedo sequer para socorrê-la."

No entanto, sentiu-se aliviado quando viu aparecer apenas Guillaume, que avançava com precaução até a cancela.

Arsène Lupin e a garota de olhos verdes

O encontro se realizou entre os dois homens. Foi breve, já que as condições do negócio haviam sido previamente fixadas. Dirigiram-se logo para o canto do apartamento, os dois em silêncio, Guillaume inseguro e inquieto, Lorde Bakefield sacudido por movimento nervosos.

No alto da escadinha, o inglês disse:

– Entre, senhor. Não quero me misturar a toda essa sordidez. Meu secretário está ao corrente disso e lhe pagará pelas cartas se o conteúdo delas for tal como o senhor afirma.

E se retirou.

Raoul se colocou de vigia atrás da porta almofadada. Esperava um lance teatral, mas logo compreendeu que Guillaume não conhecia Marescal e que este deveria passar a seus olhos pelo secretário de Lorde Bakefield. Com efeito, o policial que Raoul entrevia por um espelho articulou nitidamente:

– Aqui estão as cinquenta notas de mil francos e um cheque da mesma importância, pagável em Londres. Está com as cartas?

– Não – disse Guillaume.

– Como não? Nesse caso, nada feito. Minhas instruções são claras. Toma lá, dá cá.

– Vou enviá-las pelo correio.

– O senhor está maluco, ou melhor, está tentando nos enrolar.

Guillaume se decidiu.

– Eu tenho mesmo as cartas, mas o que quero dizer é que não estão comigo.

– Então?

– Então, quem as guarda é um dos meus amigos.

– Onde ele está?

– No hotel. Vou procurá-lo.

– É inútil – disse Marescal, que adivinhava a situação. – Precipitou as coisas.

Tocou a campainha. A camareira veio, e ele lhe disse:

– Traga então a moça que deve estar esperando no corredor. Diga a ela que é da parte do sr. Guillaume.

Guillaume se sobressaltou. Então eles sabiam seu nome?

– O que é que isso significa? É o contrário de meu acordo com Lorde Bakefield. A pessoa que espera não tem nada a fazer aqui...

Quis sair. Mas Marescal se interpôs rapidamente e abriu a porta, dando passagem à garota de olhos verdes, que entrou com passo hesitante e soltou um grito de pavor quando fecharam a porta atrás dela com violência e logo passaram a chave.

Ao mesmo tempo, uma mão a agarrava pelo ombro. Ela gemeu:

– Marescal!

Antes mesmo que ela pronunciasse aquele nome temido, Guillaume, aproveitando-se da confusão, fugiu para o jardim sem que Marescal pudesse ocupar-se dele. O comissário só pensava na garota, que, cambaleante, perdida, caminhou trôpega até o meio da sala, enquanto ele lhe arrancava a bolsa e dizia:

– Ah, malandra, ninguém mais vai salvar você desta vez! Caiu bem na ratoeira, hein?

Ele remexia na bolsa e resmungava:

– Onde estão elas, suas cartas? É chantagem agora? Veja a que ponto você desceu! Que vergonha!

A garota caiu sentada em uma cadeira. Não encontrando nada, ele a intimidava:

– As cartas! As cartas, imediatamente! Onde estão? No seu corpete?

Com uma das mãos agarrou o tecido, que rasgou com um arrebatamento de fúria e palavras insultuosas lançadas à sua presa, e avançou com a outra para procurar quando parou, estupefato, de olhos arregalados, diante de uma cabeça de homem que piscava um olho, com um cigarro enfiado no canto de uma boca sarcástica.

– Tem fogo, Rodolphe?

"Tem fogo, Rodolphe?" A frase perturbadora, já ouvida em Paris, já lida em seu caderninho secreto…! O que aquilo queria dizer? E tratando-o com intimidade? E aquele olho piscando?

– Quem é o senhor…? Quem é o senhor…? O homem do expresso? O terceiro cúmplice…? Será possível?

Marescal não era frouxo. Em muitas ocorrências, dera prova de uma audácia pouco comum e não tinha medo de enfrentar dois ou três adversários.

Mas aquele ali era um adversário como nunca encontrara, que agia por meios especiais e com o qual se sentia em um estado permanente de inferioridade. Ficava, portanto, na defensiva, enquanto Raoul, muito calmo, dizia à garota, em tom seco:

– Coloque as quatro cartas sobre a quina da lareira… Há mesmo quatro cartas neste envelope? Uma… duas… três… quatro… Bem. Agora fuja rápido pelo corredor, e adeus. Não penso que as circunstâncias nos levem a nos encontrar novamente. Adeus. Boa sorte.

A garota não disse uma palavra e se foi.

Raoul continuou:

– Como você vê, Rodolphe, conheço pouco essa pessoa de olhos verdes. Não sou cúmplice dela nem sou o assassino que lhe inspira um terror salutar. Não. Simplesmente um bravo passageiro que desagradou à sua cara de engomadinho desde o primeiro momento e que achou graça em lhe arrancar sua vítima. A mim ela não interessa mais, e estou decidido a não mais me ocupar dela. Mas vejo de quem você se ocupa. Cada um com seu caminho. O seu à direita, o dela à esquerda, o meu o meio. Sacou a minha ideia, Rodolphe?

Rodolphe esboçou um gesto em direção a seu revólver no bolso, mas não terminou. Raoul tinha tirado o seu e o olhava com tal expressão de energia implacável que ele se manteve tranquilo.

– Passemos para o quarto vizinho, viu, Rodolphe? Lá nos explicaremos melhor.

De revólver em punho, fez o comissário passar para seus aposentos e fechou a porta. Mas, mal entrou no quarto, puxou o pano de uma mesa e jogou-o sobre a cabeça de Marescal, como um capuz. O outro não resistiu. Aquele homem fantástico o paralisava. Chamar socorro, tocar a campainha, debater-se, nisso ele não pensava, certo de antemão que a resposta seria impressionante. Deixou-se, portanto, enrolar em um jogo de cobertas e lençóis que o embrulhavam pela metade e lhe impediam toda espécie de movimento.

– Pronto – disse Raoul, quando terminou. – Estamos completamente de acordo. Pronto. Calculo que você seja libertado amanhã de manhã, pelas nove horas, o que nos dá tempo, a você de refletir, à senhorita, a Guillaume e a mim de nos colocarmos a salvo, cada um por seu lado.

Fez sua mala sem se apressar e a fechou. Depois acendeu um fósforo e queimou as quatro cartas da inglesa.

– Uma palavra ainda, Rodolphe. Não incomode Lorde Bakefield. Ao contrário, já que não tem provas contra a garota, *e nunca terá*, represente o papel de um senhor providencial e dê a ele o diário íntimo da srta. Bakefield, que guardei na sacola de couro amarelo e que deixei para você. O pai terá assim a convicção de que sua filha era a mais honesta e a mais nobre das mulheres. E você terá feito um bem. É alguma coisa. Quanto a Guillaume e sua cúmplice, diga ao inglês que você se enganou, que se trata de uma chantagem comum que nada tem a ver com o crime do expresso, e que você os soltou. Aliás, em princípio, abandone esse caso, que é muito complicado para você, e no qual você só vai encontrar dor de cabeça. Adeus, Rodolphe.

Raoul levou a chave e se dirigiu à portaria do hotel, onde pediu sua conta, dizendo:

– Reserve meu quarto até amanhã. Pago adiantado, caso não possa voltar.

Fora, congratulou-se pela maneira como os acontecimentos tinham se desenrolado. Seu papel tinha terminado. Que a garota saísse daquela enrascada como preferisse: aquilo não era mais assunto seu.

Sua resolução era tão categórica que, tendo-a percebido no expresso de Paris que pegou às três e cinquenta, não procurou encontrá-la e se ocultou.

Em Marselha, ele mudou de direção e partiu no trem de Toulouse, em companhia de pessoas com que travara relações e que pareciam atores. Guillaume apareceu e se misturou àquele grupo.

"Boa viagem!", disse Raoul a si mesmo. "Encantado por não ter mais relações com o belo casal. Que se enforquem por aí!"

No último minuto, contudo, pulou de sua cabine e pegou o mesmo trem que a garota. E, como ela, desceu no dia seguinte de manhã em Toulouse.

Sucedendo-se ao crime do expresso, o assalto à Villa Faradoni e a tentativa de chantagem do Bellevue Palace formam dois episódios bruscos, violentos, furiosos e imprevistos como os quadros de uma peça mal escrita que não deixa ao espectador tempo livre para compreender e religar os fatos uns aos outros. Um terceiro quadro devia terminar o que Lupin chamou em seguida de tríptico de salvador, um terceiro que, como os outros, apresente o mesmo caráter áspero e brutal. Dessa vez, ainda, o episódio atingiu seu paroxismo em poucas horas, e não pode ser expresso senão à maneira de um roteiro destituído de toda psicologia e, na aparência, de toda a lógica.

Em Toulouse, Raoul se informou junto ao pessoal do hotel onde a garota seguira seus companheiros, e soube que os passageiros faziam parte do grupo em turnê de Léonide Balli, cantora de operetas que, naquela mesma noite, desempenharia *Verônica* no Teatro Municipal.

Ele se colocou de vigília. Às três horas, a garota saiu, muito agitada, olhando para tudo ao redor dela, como se temesse que alguém saísse igualmente e a espionasse. Seria de seu cúmplice Guillaume que ela desconfiava? Correu assim até a agência postal, onde com mão febril rabiscou um telegrama três vezes recomeçado.

Depois de sua saída, Raoul conseguiu obter uma das folhas amassadas e leu:

Hotel Miramare, Luz (Altos-Pireneus). – Chegada amanhã primeiro trem. Previna casa.

"Que diabo ela vai fazer em plena montanha nesta época?", murmurou ele. "*Previna casa...* Será que sua família mora em Luz?"

Retomou sua perseguição com cautela e a viu entrar no Teatro Municipal, provavelmente para assistir ao ensaio do grupo.

No resto do dia, vigiou as imediações do teatro. Mas ela não apareceu. Quanto ao cúmplice Guillaume, permaneceu invisível.

À noite, Raoul deslizou por baixo de um camarote e, de cara, não conteve uma exclamação de estupor: a atriz que cantava *Verônica* não era outra senão a garota de olhos verdes.

"Léonide Balli...", disse consigo. "Será então esse o seu nome? E seria cantora de operetas na província?"

Raoul custava a crer. Aquilo ultrapassava tudo o que ele havia imaginado sobre a garota de olhos verdes.

Provinciana ou parisiense, ela se mostrou a mais hábil das comediantes e a mais adorável cantora, simples, discreta, comovente, cheia de ternura e alegria, de sedução e de pudor. Tinha todos os dons e toda a graça, muita habilidade e uma inexperiência de cena que era um charme a mais. Ele se lembrou de sua primeira impressão no Boulevard Haussmann, e sua ideia dos dois destinos vividos pela garota cuja máscara era ao mesmo tempo tão trágica e tão infantil.

Raoul passou três horas de arrebatamento. Não se cansava de admirar a estranha criatura que não tinha percebido, depois da bela visão inicial, senão por lampejos e em crises de horror e susto. Era outra mulher, junto à qual tudo tomava um caráter de alegria e harmonia. E no entanto era mesmo aquela que tinha matado e participado de crimes e infâmias. Era mesmo a cúmplice de Guillaume.

Daquelas duas imagens tão diferentes, qual se devia considerar como verdadeira? Raoul observava em vão, porque uma terceira mulher se sobrepunha às outras e as unia em uma mesma vida intensa e enternecedora que era a de Verônica. Quando muito, alguns gestos um pouco nervosos, algumas expressões inadequadas, mostrando a olhos prevenidos a mulher debaixo da heroína e revelando um estado de alma especial que modificava imperceptivelmente o papel.

"Deve haver novidade aí", pensava Raoul. "Entre o meio-dia e as três horas, mais ou menos, ocorreu um acontecimento grave, que a impeliu repentinamente ao correio, e cujas consequências acabam modificando por vezes seu desempenho artístico. Ela pensa naquilo, inquieta-se. E como não supor que esse acontecimento se ligue a Guillaume, àquele Guillaume que desapareceu de repente?"

Aplausos acolheram a garota quando ela saudou o público, depois de a cortina baixar, e uma multidão de curiosos se acotovelou na saída reservada aos artistas.

Bem diante da porta, estava estacionado um landau fechado, puxado por dois cavalos. O único trem que permitia chegar de manhã a Pierrefitte-Nestalas, estação mais próxima de Luz, partia à meia-noite e cinquenta, e não havia dúvida de que a garota iria diretamente para a estação após enviar para o landau suas bagagens. O próprio Raoul mandara enviar sua mala.

À meia-noite e quinze, ela subiu no landau, que partiu lentamente. Guillaume não tinha aparecido, e as coisas se arranjavam como se a partida tivesse lugar sem ele.

Ora, ainda não haviam decorrido trinta segundos quando Raoul, que também se encaminhava para a estação, tomado por uma ideia súbita, pôs-se a correr, alcançou o landau na altura dos antigos bulevares e se agarrou a ele como pôde.

Logo aconteceu o que ele previu. No momento de tomar a Rue de la Gare, o cocheiro virou subitamente para a direita, fustigou os cavalos com um vigoroso golpe de chicote e conduziu o landau pelas alamedas desertas e sombrias que levavam ao Grand-Rond e ao Jardin des Plantes. Àquela velocidade, a garota não podia descer.

O galope não foi longo. Chegava-se ao Grand-Rond. Ali, uma brusca parada. O cocheiro pulou da boleia, abriu a portinhola e entrou no landau.

Raoul ouviu um grito de mulher e não se apressou. Persuadido de que o agressor não era outro senão Guillaume, quis escutar primeiro e surpreender o sentido exato da discussão. Mas, logo em seguida, a agressão lhe pareceu tomar um rumo tão perigoso que ele resolveu intervir.

– Fale então! – gritou o cúmplice. – Então você acha que vai dar o fora e me deixar na mão...? É verdade, sim, eu quis enrolar você, mas foi justamente para que soubesse que agora não vou mais deixar você... Então, fale... conte... senão...

Raoul teve medo. Ele se lembrava dos gemidos da srta. Bakefield. Um aperto muito violento, e a vítima morre. Abriu a portinhola, agarrou o cúmplice por uma perna, jogou-o no chão e o puxou rapidamente para fora.

O outro tentou lutar. Com um gesto seco, Raoul lhe quebrou o braço.

– Seis semanas de repouso – disse ele –, e, se você voltar a aborrecer a senhorita, é a coluna vertebral que vou lhe quebrar. Para bom entendedor...

Voltou até o landau. A garota já se afastava na sombra.

– Corra, menina – disse ele. – Sei aonde você vai, e não vai me escapar. Estou cheio de bancar o terra-nova sem ao menos receber uma pequena recompensa. Quando Lupin se empenha em seguir um caminho, vai até o fim e nunca deixa de atingir seu objetivo. O objetivo dele é você, são seus olhos verdes e esses lábios quentes.

Abandonou Guillaume com seu landau e se apressou em direção à estação.

Deixaram a linha principal em Lourdes. Uma hora depois, Pierrefitte-Nestalas, estação terminal.

Mal ela desceu, um grupo de garotas, todas igualmente vestidas de marrom e uma pelerine bordada com uma larga fita azul em ponta, precipitou-se sobre ela, seguido de uma religiosa que usava uma imensa touca branca.

– Aurélie! Aurélie! – gritaram todas ao mesmo tempo.

A garota de olhos verdes passou de braço em braço, até a religiosa, que a abraçou afetuosamente e lhe disse com alegria:

– Minha pequena Aurélie, que prazer em vê-la! Então, você vai ficar um belo mês conosco, não é?

Um *break*[2] que fazia o serviço de passageiros entre Pierrefitte e Luz esperava diante da estação. A garota de olhos verdes se instalou ali com suas companheiras. O *break* partiu.

Raoul, que havia se mantido a distância, alugou uma vitória para Luz.

---

[2] Espécie de carroça ou caminhonete de tração animal usada antigamente para transportar pessoas. (N.T.)

ENTRE AS FOLHAGENS

"Ah, garota de olhos verdes!", disse Raoul consigo, enquanto as três mulas do *break*, cujo tilintar dos sininhos ele conseguia ouvir, começavam a subir os primeiros aclives. "De agora em diante, você é minha cativa. Cúmplice de assassino, de escroque e de chantagista, assassina você também, moça da sociedade, artista de opereta, aluna de convento…, quem quer que você seja, não vai me escapar pelos dedos. A confiança é uma prisão de onde não se pode fugir, e, por mais que você me deteste por eu ter tomado seus lábios, no fundo do coração tem confiança em quem não deixa de salvá-la e sempre se encontra lá quando você está à beira do abismo.

"Garota de olhos verdes, que se refugia em um convento para escapar a todos aqueles que a perseguem, até nova ordem você não será para mim criminosa nem temível aventureira, nem mesmo uma atriz de opereta, e não a chamarei de Léonide Balli. Vou chamá-la de Aurélie. É um nome de que gosto porque está fora de moda, honesta e irmãzinha dos pobres.

"Garota de olhos verdes, sei agora que você tem, ignorado por seus antigos cúmplices, um segredo que eles querem lhe arrancar e que você

ARSÈNE LUPIN E A GAROTA DE OLHOS VERDES

defende ferozmente. Esse segredo vai me pertencer um dia ou outro, porque os segredos são a minha especialidade, e vou descobri-lo da mesma forma como dissiparei as trevas em que você se esconde, misteriosa e apaixonante Aurélie."

Essa pequena apóstrofe satisfez Raoul, que adormeceu para não pensar mais no perturbador enigma que a garota de olhos verdes lhe oferecia.

A pequena cidade de Luz e sua vizinha, Saint-Sauveur, formam uma aglomeração termal onde os banhistas são raros nesta estação. Raoul escolheu um hotel meio vazio em que se apresentou como botânico e mineralogista amador e desde este fim de tarde estudou os arredores.

Um caminho estreito, bastante incômodo, levava em vinte minutos de subida à casa das irmãs de Sainte-Marie, velho convento transformado em colégio interno. No meio de uma região agreste e atribulada, as edificações e os jardins se estendiam até a ponta de um promontório, sobre terraços em degraus que sustentavam as fortes muralhas ao longo das quais fervilhava a outrora caudalosa torrente de Sainte-Marie, tornada subterrânea nessa parte de seu curso. Uma floresta de pinheiros recobria a outra vertente. Dois caminhos em cruz a atravessavam para uso dos lenhadores. Havia grutas e rochedos, de estranhas silhuetas, onde se faziam excursões aos domingos.

Foi daquele lado que Raoul se postou de vigília. A região era deserta. Os golpes dos lenhadores ressoavam ao longe. De seu lugar ele dominava os canteiros regulares do jardim e as fileiras de tílias cuidadosamente aparadas que serviam de passeio às internas. Em alguns dias, ficou sabendo os horários de recreio e os hábitos do convento. Após a refeição do meio-dia, a alameda que dominava o penhasco era reservada às "grandes".

Apenas no quarto dia a garota de olhos verdes, que o cansaço provavelmente detivera no interior do convento, apareceu em certa alameda. Cada uma das grandes, dali por diante, parecia não ter outro objetivo senão monopolizar a garota com um ciúme manifesto que as fazia brigar entre si.

Imediatamente, Raoul viu que ela havia se transformado, assim como uma criança que sai de uma doença e desabrocha ao sol e ao ar fresco da montanha. Ela andava entre as garotas, vestida como elas, viva, alegre, amável com todas, atraindo-as aos poucos a brincar e correr, e se divertindo tanto que as risadas ecoavam até o limite do horizonte.

"Ela ri!", disse Raoul consigo, maravilhado. "Não aquele riso falso e quase doloroso do teatro, mas um riso de despreocupação e esquecimento, pelo qual exprime sua verdadeira natureza. Ela ri… que prodígio!"

Depois, as outras voltaram para as classes, e Aurélie permaneceu só. Não parecia mais melancólica. Sua alegria não diminuía. Ela se ocupava de pequenas coisas, como apanhar pinhas, que jogava em um cesto de vime, ou colher flores, que colocava nos degraus de uma capela vizinha.

Seus gestos eram graciosos. Com frequência ela se entretinha a meia-voz com o cãozinho que a acompanhava, ou com um gato que se enroscava carinhosamente em seus tornozelos. Um vez ela trançou uma guirlanda de rosas e se contemplou rindo em um espelho de bolso. Furtivamente, passou um pouco de ruge nas faces e pó de arroz, que logo limpou com energia. Devia ser proibido.

No oitavo dia, ela subiu até um parapeito e atingiu o último e mais elevado terraço, cuja extremidade era dissimulada por uma cerca de arbustos.

No nono, ela voltou, com um livro nas mãos. No décimo, então, antes da hora do recreio, Raoul se decidiu.

Foi necessário primeiro ele se esgueirar por entre um espesso matagal que ladeava a floresta e depois atravessar uma grande extensão de água. A torrente de Sainte-Marie se lançava ali, como em um imenso reservatório, após o que penetrava na terra. Um barco carcomido se encontrava amarrado a uma estaca e lhe permitiu, apesar dos violentos redemoinhos, alcançar uma pequena angra, bem ao pé do alto terraço que se erguia como a muralha de uma praça forte.

Os muros eram feitos de pedras planas, simplesmente colocadas umas sobre as outras, entre as quais cresciam plantas silvestres. As chuvas tinham traçado sulcos na areia e formavam trilhas que os meninos das redondezas escalavam nessa ocasião. Raoul subiu sem esforço. O terraço, lá no alto, formava uma sala de verão, rodeada de aucubas, de treliças quebradas e bancos de pedra e ornamentada, no meio, com um belo vaso de terracota.

Ele ouviu o burburinho do recreio. Depois fez-se silêncio, e, após alguns minutos, um barulho de passos veio em sua direção. Uma voz fresca cantarolava uma melodia romântica. Ele sentiu o coração se apertar. Que diria ela ao vê-lo?

Galhos rangeram. As folhagens foram afastadas como uma cortina que se abre à porta de uma sala. Aurélie entrou.

Ela parou de súbito na soleira do terraço, interrompendo sua canção numa atitude estupefata. Seu livro e o chapéu de palha, que ela enchera de flores e pendurara no braço, caíram. Ela não se mexia, silhueta fina e delicada em um simples traje de lã marrom.

Não reconheceu Raoul senão um pouco depois. Então, enrubesceu e recuou, balbuciando:

– Vá embora… vá embora…

Nem por um segundo ele pensou em obedecer a ela, e seria possível mesmo acreditar que ele não havia ouvido a ordem dada. Contemplou-a com um prazer indizível, que nunca sentira diante de mulher alguma.

Ela repetiu em um tom mais imperioso:

– Vá embora.

– Não – disse ele.

– Então, sou eu que partirei.

– Se partir, eu a sigo – afirmou ele. – Entraremos juntos no convento.

Ela se virou como se quisesse fugir. Ele correu e agarrou-lhe o braço.

– Não me toque! – disse ela com indignação e se soltando. – Eu o proíbo de ficar perto de mim.

Ele disse, surpreso com muita veemência:

– Mas por quê?

Muito baixo, ela replicou:

– Tenho horror do senhor.

A resposta era tão extraordinária que ele não pôde impedir-se de sorrir.

– Você me detesta a esse ponto?

– Sim.

– Mais do que Marescal?

– Sim.

– Mais do que Guillaume e do que o homem da Villa Faradoni?

– Sim, sim, sim.

– Eles lhe fizeram mais mal, no entanto, e sem mim para protegê-la...

Ela se calou. Tinha pegado o chapéu e o segurava junto à parte inferior do rosto, de maneira que não se viam seus lábios. Porque todo o seu comportamento se explicava assim. Raoul não tinha dúvida. Se ela o detestava, não era porque ele fora testemunha de todos os crimes cometidos e de todas as vergonhas, mas porque ele a tivera em seus braços e a beijara na boca. Estranho pudor em uma mulher como ela, e que era tão sincero, e expunha de tal maneira a própria intimidade de sua alma e de seus instintos, que Raoul murmurou inconscientemente:

– Peço-lhe que esqueça.

E, recuando alguns passos, para lhe mostrar que ela estava livre para partir, continuou em um tom de involuntário respeito:

– Aquela foi uma noite de aberração da qual não se deve guardar lembrança, nem a senhorita nem eu. Esqueça a maneira como agi. Aliás, não foi para lembrá-la disso que estou aqui, mas para continuar meu trabalho no que lhe diz respeito. O acaso me colocou em seu caminho, e o acaso quis, desde o início, que eu lhe pudesse ser útil. Não recuse minha ajuda, eu lhe suplico. A ameaça do perigo, longe de ter acabado, pelo contrário, aumentou. Seus inimigos estão exasperados. O que vai fazer se eu não estiver aqui?

– Vá embora – disse a moça com obstinação.

Ela permanecia na soleira do terraço como diante de uma porta aberta. Fugia dos olhos de Raoul e dissimulava os lábios. No entanto, não partiu. Como ele pensou, somos prisioneiros de quem nos salva incessantemente. Seu olhar exprimia medo. Mas a lembrança do beijo recebido cedia à lembrança infinitamente mais terrível das provações sofridas.

– Vá embora. Eu estava em paz aqui. O senhor se imiscuiu em todas aquelas coisas... em todas aquelas coisas infernais.

– Felizmente – disse ele. – E, da mesma forma, vou ter que me imiscuir em todas aquelas que estão sendo preparadas. Pensa que Marescal renunciou à sua pessoa? Ele está no seu encalço atualmente. Vai descobrir suas pegadas até este Convento de Sainte-Marie. Se a senhorita passou aqui alguns anos felizes na infância, como suponho, ele deve saber e virá.

Raoul falava ternamente, com uma convicção que impressionava a garota, e custou a ele ouvi-la balbuciar ainda:

– Vá embora...

– Sim – disse ele –, mas estarei aqui amanhã, à mesma hora, e vou esperá-la todos os dias. Temos que conversar. Ah, nada que possa ser doloroso e lhe lembrar o pesadelo da noite horrível. Sobre isso, silêncio. Não tenho necessidade de saber, e a verdade surgirá pouco a pouco das sombras. Mas existem outros pontos, perguntas que vou lhe fazer e às quais precisará me responder. Era isso o que eu queria lhe dizer hoje, nada mais. Agora pode partir. Vai refletir, não é? Mas não se inquiete. Habitue-se a essa ideia de que estou aqui todos os dias e que jamais deve se desesperar, porque eu sempre estarei aqui, na hora do perigo.

Ela partiu sem uma palavra, sem um sinal de cabeça. Raoul a observou, descendo os terraços e chegando à alameda das tílias. Quando não a viu mais, apanhou algumas das flores que ela tinha deixado e, dando-se conta de seu gesto inconsciente, gracejou:

"Opa, isso está ficando sério. Será que... vamos ver, vamos ver, meu velho Lupin, segure-se."

Continuou pelo caminho da brecha, atravessou de novo a lagoa e andou pela floresta, lançando as flores uma a uma ao chão, como se não lhe importassem. Mas a imagem da garota de olhos verdes não saía de seus olhos.

Tornou a subir no terraço no dia seguinte. Aurélie não veio, e também não nos dois dias seguintes. Mas no quarto dia ela saiu do meio das folhagens, sem que ele percebesse o barulho de seus passos.

– Ah! – disse ele com emoção. – É você... é você...

Pela atitude dela, ele compreendeu que não deveria avançar nem dizer palavra alguma que pudesse constrangê-la. Ela se mantinha como no primeiro dia, tal qual uma adversária que se revolta por ser dominada e se ressente do inimigo pelo bem que ele lhe faz.

Contudo, sua voz estava menos dura, ao pronunciar, com a cabeça meio voltada:

– Eu não deveria ter vindo. Para as irmãs de Sainte-Marie, por minhas benfeitoras, é ruim. Mas pensei que deveria lhe agradecer... e ajudá-lo... E, depois – acrescentou –, tenho medo, sim, tenho medo de tudo o que me disse. Pode me perguntar... Vou responder.

– Sobre tudo? – perguntou ele.

– Não – disse ela, com angústia... –, não sobre a noite de Beaucourt... Mas sobre as outras coisas... Em poucas palavras, não é? O que quer saber?

Raoul refletiu. As perguntas eram difíceis de fazer, pois todas deveriam servir para esclarecer um ponto sobre o qual a garota se recusava a falar.

Ele começou:

– Seu nome, primeiro.

ARSÈNE LUPIN E A GAROTA DE OLHOS VERDES

– Aurélie... Aurélie d'Asteux.

– Por que esse nome Léonide Balli? Um pseudônimo?

– Léonide Balli existe. Está adoentada e permaneceu em Nice. Entre os atores do grupo com o qual viajei de Nice a Marselha, havia um que eu conhecia, pois representou Verônica no inverno passado, em uma reunião de amadores. Então, todos me pediram para tomar o lugar de Léonide Balli por uma noite. Estavam tão desolados, tão embaraçados, que tive de lhes prestar esse serviço. Avisamos o diretor em Toulouse, que no último momento resolveu não anunciar nada e deixar que acreditassem que era Léonide Balli.

Raoul concluiu:

– Não é atriz... gosto mais assim... gosto mais que seja simplesmente a bela interna de Sainte-Marie.

Ela franziu as sobrancelhas.

– Continue.

Ele logo retomou:

– O senhor que ergueu a bengala para Marescal ao sair da confeitaria do Boulevard Haussmann era seu pai.

– Meu padrasto.

– O nome dele?

– Brégeac.

– Brégeac?

– Sim, diretor de negócios jurídicos do Ministério do Interior.

– E, por consequência, o chefe direto de Marescal?

– Sim. Sempre existiu uma antipatia entre um e outro. Marescal, que é protegido pelo ministro, tenta suplantar meu padrasto, e meu padrasto procura se desembaraçar dele.

– E Marescal a ama?

– Ele me pediu em casamento. Recusei. Meu padrasto o proibiu de entrar em nossa casa. Ele nos odeia e jurou se vingar.

– E, de um – disse Raoul –, passemos a outro. O homem da Villa Faradoni, como se chama?

– Jodot.

– Profissão?

– Não sei. Ele vinha às vezes em casa para ver meu padrasto.

– E o terceiro?

– Guillaume Ancivel, que também era recebido por nós. Trabalha na Bolsa e em alguns negócios.

– Mais ou menos suspeitos?

– Não sei... talvez...

Raoul resumiu:

– Esses são, portanto, seus três adversários... porque não existem outros, não?

– Sim, meu padrasto.

– Como! O marido de sua mãe?

– Minha pobre mãe morreu.

– E toda essa gente a persegue pela mesma razão? Provavelmente por causa desse segredo que você tem, e eles, não?

– Sim, exceto Marescal, que, por seu lado, ignora tudo e só procura se vingar.

– Você poderia me dar algumas indicações não sobre o próprio segredo, mas sobre as circunstâncias que o envolvem?

Ela pensou por alguns instantes e declarou:

– Posso, sim. Posso lhe dizer aquilo que os outros conhecem e a razão de sua obstinação.

Aurélie, que até ali tinha respondido com uma voz breve e seca, pareceu interessar-se pelo que ele dizia.

– Aqui vai, em poucas palavras. Meu pai, que era primo de minha mãe, morreu antes de eu nascer, deixando algumas rendas, às quais veio se juntar uma pensão paga por meu avô d'Asteux, pai de mamãe, um homem excelente, artista, inventor, sempre em busca de descobertas e de grandes segredos e que não cessava de viajar pelos pretensos negócios miraculosos em que devíamos encontrar fortuna. Eu o conhecia bem; vejo-me ainda em seus joelhos, e o ouço me dizer:

"'A pequena Aurélie ficará rica. É por ela que eu trabalho.'

"Ora, eu mal tinha feito seis anos quando ele nos pediu, por carta, a mamãe e a mim, que fôssemos encontrá-lo sem que ninguém soubesse. Uma noite, tomamos o trem e fomos passar dois dias perto dele. No momento de partir, minha mãe me disse na presença dele:

"'Aurélie, jamais revele a alguém onde você esteve durante estes dois dias, nem o que fez, nem o que viu. É um segredo que tanto pertence a você como a nós e que, quando você tiver vinte anos, lhe dará grande riqueza.'

"'Grande riqueza', confirmou meu avô d'Asteux. 'Sendo assim, vamos jurar nunca falar dessas coisas a ninguém, aconteça o que acontecer.'

"'A ninguém', ratificou minha mãe. 'Exceto ao homem que você vai amar e em quem vai confiar como em si mesma.'

"Fiz todos os juramentos que exigiam de mim. Estava muito impressionada e chorava.

"Alguns meses mais tarde, mamãe se casou de novo, com Brégeac. Casamento que não foi feliz e durou pouco. No decorrer do ano seguinte, minha pobre mãe morreu de pleurisia, depois de me ter entregado às escondidas um pedaço de papel que continha todas as indicações da região visitada e daquilo que eu deveria fazer aos vinte anos. Quase na mesma época, meu avô d'Asteux também morreu. Fiquei, portanto, só com meu padrasto, Brégeac, que desembaraçou de mim me enviando logo para esta casa de Sainte-Marie. Cheguei aqui bem triste, bem desamparada, mas sustentada pela importância que me fora dada de guardar um segredo. Era domingo. Procurei um lugar isolado e vim aqui, neste terraço, para executar um projeto que meu cérebro de criança tinha concebido. E sabia de cor as indicações deixadas por minha mãe. Portanto, para que conservar um documento que todo o universo, me parecia, acabaria por conhecer se eu o conservasse? Queimei o documento nesse vaso."

Raoul balançou a cabeça:

– E esqueceu as indicações?

– Sim – disse ela. – Dia a dia, sem que eu percebesse, entre as afeições que encontrei aqui, no trabalho e nos prazeres, elas foram desaparecendo de minha memória. Esqueci o nome da região, sua localização, a estrada de ferro que leva até lá, as ações que eu deveria executar... tudo.

– Absolutamente tudo?

– Tudo, a não ser algumas paisagens e algumas impressões que tinham interessado mais vivamente do que as outras aos meus ouvidos e aos meus olhos de menina... imagens que nunca mais deixei de ver depois... ruídos, sons de sinos que ouço ainda como se estes não parassem de tocar.

– E são essas impressões, essas imagens, que seus inimigos querem conhecer, esperando, com sua narrativa, chegar à verdade.

– Sim.

– Mas como eles sabem...?

– Porque minha mãe tinha cometido a imprudência de não destruir certas cartas em que meu avô d'Asteux fazia alusão ao segredo que me foi confiado. Brégeac, que mais tarde recolheu as cartas, nunca me falou delas durante os meus dez anos de Sainte-Marie, dez belos anos que serão os melhores de minha vida. Mas, no mesmo dia em que cheguei a Paris, há dois anos, ele me interrogou. Eu disse a ele aquilo que lhe disse, como tinha direito, mas não quis revelar nenhuma das vagas lembranças que poderiam colocá-lo na pista. Daí em diante foi uma perseguição constante, censuras, brigas, discussões, fúrias terríveis... até o momento em que resolvi fugir.

– Sozinha?

Ela enrubesceu.

– Não – respondeu –, mas não nas condições em que o senhor poderia acreditar. Guillaume Ancivel me fazia a corte, com muita discrição, como alguém que deseja se tornar útil e que não tem esperança de ser recompensado. Ele ganhou, assim, se não minha simpatia, ao menos minha confiança, e cometi o grande erro de contar a ele meus projetos de fuga.

– Ele os aprovou sem dúvida alguma?

– Ele me aprovou com todas as suas forças, me ajudou em meus preparativos e vendeu algumas joias e títulos que eu herdara de minha mãe. Na véspera de minha partida, e como eu não sabia onde me refugiar, Guillaume me disse:

"'Chego de Nice e devo retornar amanhã. Quer que eu a conduza até lá? Nesta época não encontrar lugar mais tranquilo que a Riviera.' Que motivos tinha eu para recusar seu oferecimento? Na verdade, eu não o amava, mas ele me pareceu sincero e muito devotado. Aceitei."

– Que imprudência! – disse Raoul.

– Sim – disse ela. – E tanto mais porque não existiam entre nós relações amigáveis que justificassem semelhante conduta. Mas o que o senhor queria? Eu estava só na vida, infeliz e perseguida. Um apoio se oferecia... por algumas horas, me parecia. Partimos.

Um ligeira hesitação interrompeu Aurélie. Depois, acelerando sua narrativa, recomeçou:

– Foi uma viagem terrível... pelas razões que já conhece. Quando Guillaume me jogou dentro da carruagem que roubou do médico, eu estava quase sem forças. Ele me arrastou para onde quis, para outra estação, e de lá, como tínhamos nossas passagens, até Nice, onde retirei minhas bagagens. Eu estava com febre, delirava. Agi sem ter consciência do que fazia. Ele se aproveitou para, no dia seguinte, fazer-se acompanhar por mim até uma propriedade onde deveria retomar, na ausência dos moradores, certos valores que lhe haviam sido roubados. Para lá fui eu, como teria ido para não importa onde. Não pensei em nada. Obedeci passivamente. Foi nessa *villa* que Jadot me atacou e me raptou....

– E foi salva, uma segunda vez, por mim, a quem recompensou, uma segunda vez, fugindo imediatamente. Vamos deixar para lá. Jadot também lhe exigia revelações, não é?

– Sim.

– E em seguida?

– Em seguida, voltei ao hotel, onde Guillaume pediu que o acompanhasse a Monte Carlo.

– Mas, nesse momento, já estava informada sobre a personagem! – objetou Raoul.

– Por quê? Vê-se claro quando se olha... Mas... depois de dois dias, eu vivia em uma espécie de loucura, ainda mais exasperada pela agressão de Jadot. Segui, portanto, Guillaume, sem mesmo lhe perguntar o objetivo dessa viagem. Estava desamparada, envergonhada de minha covardia e constrangida com a presença desse homem que cada vez mais se tornava um estranho para mim... Que papel desempenhei em Monte Carlo? Não está muito claro para mim. Guillaume tinha me confiado cartas que eu deveria lhe entregar no corredor do hotel, para que ele mesmo as entregasse a um certo senhor. Que cartas? Que senhor? Por que Marescal estava lá? Como o senhor me livrou dele? Tudo isso está muito obscuro. No entanto, meu instinto tinha despertado. Eu o detestava. E parti de Monte Carlo resolvida a romper o pacto que nos ligava e vir me esconder aqui. Ele me perseguiu até Toulouse, e, quando eu lhe anunciei, no início da tarde, minha decisão de deixá-lo e ele ficou convencido de que nada me faria voltar atrás, ele me respondeu fria e duramente, com uma cólera que lhe contraía o rosto:

"'Que seja. Vamos nos separar. No fundo, para mim tanto faz. Mas tenho uma condição.'

"'Uma condição?'

"'Sim. Um dia eu ouvi seu padrasto Brégeac falar de um segredo que tinha sido deixado com você. Diga-me qual é o segredo e você está livre.'

"Então, compreendi tudo. Todas as suas demonstrações de afeto desinteressado, seu devotamento, tantas outras mentiras. Seu único objetivo era obter de mim, mais cedo ou mais tarde, fosse me ganhando pela afeição, fosse me ameaçando, as confidências que eu tinha recusado a meu padrasto e que Jadot tinha tentado arrancar de mim."

Ela se calou. Raoul a observou. Ela tinha lhe contado toda a verdade, ele teve essa profunda impressão. Com seriedade, ele lhe disse:

– Quer conhecer exatamente a personagem?

Ela sacudiu a cabeça:

– É mesmo necessário?

– É melhor. Escute-me. Em Nice, os títulos que ele procurava na Villa Faradoni não lhe pertenciam. Ele tinha vindo simplesmente para roubá-los. Em Monte Carlo, ele exigiu cem mil francos em troca das cartas comprometedoras. Portanto, escroque e ladrão, talvez pior. Esse é o homem.

Aurélie não disse nada. Já devia ter entrevisto a realidade, e o anúncio brusco dos fatos não mais podia surpreendê-la.

– O senhor me salvou dele. Eu lhe agradeço.

– Pobre de mim! – disse ele. – Deveria ter confiado em mim, em lugar de fugir. Quanto tempo perdido!

Ela estava a ponto de partir, mas replicou:

– Por que confiar no senhor? Quem é o senhor? Não o conheço. Marescal, a quem o senhor acusa, não sabe nem seu nome. O senhor me salvou de todos os perigos… por que razão? Com que intuito?

Ele gracejou:

– Com o intuito também de arrancar seu segredo… é isso o que quer dizer?

– Não estou querendo dizer nada – murmurou ela, desolada. – Não sei de nada. Não compreendo nada. Depois de duas ou três semanas, eu me deparo por todos os lados com muralhas de sombra. Não me peça mais confiança do que já lhe dei. Desconfio de tudo e de todos.

Ele teve piedade dela e a deixou partir.

Ao ir embora (tinha encontrado outra saída, um velho portão situado embaixo do penúltimo terraço, e que conseguiu abrir), ele pensou:

"Ela não me disse uma palavra sequer sobre a noite terrível. Ora, a srta. Bakefield morreu. Dois homens foram assassinados. E eu a vi vestida de homem, mascarada."

No entanto, para ele também, tudo estava misterioso e continuava inexplicável. Em torno dele, como em torno dela, erguiam-se as mesmas muralhas de sombra, pelas quais a custo se filtravam, aqui e ali, alguns pálidos raios de luz. Nem por um instante, aliás – e tinha sido assim desde o início da aventura –, ele pensava, diante dela, no juramento de vingança e de ódio que tinha feito ante o cadáver da srta. Bakefield, nem em nada que pudesse enfear a graciosa imagem da garota de olhos verdes.

Durante dois dias ele não voltou a vê-la. Depois, por três dias seguidos ela veio, sem explicar sua volta, mas como se procurasse uma proteção sem a qual não podia passar.

Ficou dez minutos no início, depois quinze, depois trinta. Eles se falavam pouco. Quer ela quisesse ou não, a confiança começava a persistir em seu íntimo. Mais terna, menos esquiva, ela avançava até a brecha e olhava a água revolta da lagoa. Por várias vezes ela ensaiava fazer-lhe perguntas. Logo se esquivava, trêmula, apavorada com tudo o que pudesse fazer alusão às horas horríveis de Beaucourt. Conversava, no entanto, cada vez mais, mas de coisas de seu passado longínquo, da vida que levava antes em Saint-Marie e da paz que reencontrava agora nessa atmosfera afetuosa e serena.

Certa vez, estando ela com a palma da mão virada para cima sobre o pedestal do vaso, ele se inclinou e, sem tocá-la, examinou as linhas.

– É mesmo o que adivinhei no primeiro dia... Um destino duplo, um sombrio e trágico, outro simples e feliz. Eles se cruzam, se emaranham,

ARSÈNE LUPIN E A GAROTA DE OLHOS VERDES

se confundem, e ainda não é possível dizer qual deles vencerá. Qual é o verdadeiro, qual é o que corresponde à sua verdadeira natureza?

– O destino feliz – disse ela. – Existe em mim alguma coisa que sobe rapidamente à superfície e que me dá, como aqui, alegria e esquecimento, quaisquer que sejam os perigos.

Ele continuou seu exame:

– Desconfie da água – disse ele rindo. – A água pode ser funesta. Naufrágios, inundações… Quantos perigos! Mas eles se afastam… Sim, tudo se arranjará na sua vida. A fada boa já vai vencer a fada má.

Ele mentia para tranquilizá-la, e com o desejo constante de que, naquela bela boca, que ele a custo ousava olhar, se desenhasse talvez um sorriso. Ele mesmo, de resto, desejava esquecer e estar enganado.

Viveu assim duas semanas de uma alegria profunda, que se esforçava em dissimular. Sofria aquela vertigem daquelas horas em que o amor nos lança na embriaguez e nos torna insensíveis a tudo aquilo que não é a alegria de contemplar e de ouvir. Recusava-se a lembrar as imagens ameaçadoras de Marescal, de Guillaume ou de Jodot. Se nenhum dos três inimigos aparecesse, era porque certamente haviam perdido os rastros de sua vítima. Por que, então, não se abandonar ao torpor delicioso que experimentava junto da garota?

O despertar foi brusco. Uma tarde, debruçados entre as folhagens que dominavam o penhasco, eles entreviram abaixo deles o espelho das águas quase imóveis no meio da lagoa, revoltas nas bordas pelas pequenas ondas rápidas que deslizavam para a margem estreita ou se engolfavam na torrente, quando uma voz longínqua gritou no jardim:

– Aurélie… Aurélie! Onde você está, Aurélie?

– Meu Deus! – disse a garota, bastante inquieta. – Por que estão me chamando?

Ela correu até o alto dos terraços e viu uma das religiosas na alameda de tílias.

– Estou aqui…! Estou aqui! O que foi, irmã?

– Um telegrama, Aurélie.

– Um telegrama! Não se incomode, irmã. Já vou aí.

Um instante depois, quando ela retornou à sala de verão com um papel na mão, estava transtornada.

– É do meu padrasto – disse.

– Brégeac?

– Sim.

– Ele mandou chamá-la?

– Estará aqui a qualquer momento.

– Por quê?

– Para me levar.

– Impossível!

– Olhe…

Ele leu duas linhas, postadas de Bordeaux:

Chegarei quatro horas. Partiremos imediatamente. Brégeac.

Raoul refletiu e perguntou:

– Você o avisou, então, que estava aqui?

– Não, mas ele vinha aqui antigamente na ocasião das férias e deve ter-se informado.

– E qual é sua intenção?

– O que posso fazer?

– Recusar-se a ir com ele.

– A superiora não consentiria em que eu ficasse.

– Então – insinuou Raoul –, vá embora daqui agora.

– Como?

Ele apontou para o canto do terraço, para a floresta…

Ela protestou:

– Ir embora! Fugir deste convento como quem tem culpa? Não, não, seria muito triste para todas essas pobres mulheres, que me amam como a uma filha, como a melhor de suas filhas! Não, isso jamais!

Estava muito cansada. Sentou-se num banco de pedra, do lado oposto do parapeito. Raoul se aproximou dela e, seriamente:

– Não vou lhe confessar nenhum dos sentimentos que tenho por você e as razões que me fazem agir. Mas, mesmo assim, é preciso que saiba que sou devotado a você como um homem pode ser devotado a uma mulher... que é tudo para ele... É preciso que esse devotamento lhe dê uma confiança absoluta em mim e que você esteja pronta para obedecer a mim cegamente. É a condição de sua salvação. Compreende?

– Sim – disse ela, inteiramente dominada.

– Então, ouça. Estas são minhas instruções... minhas ordens... sim, minhas ordens. Acolha seu padrasto sem revolta. Sem discussão. Sem mesmo conversar. Sem uma única palavra. Siga-o. Volte a Paris. Na mesma noite de sua volta, saia sob um pretexto qualquer. Uma senhora de idade, de cabelos brancos, vai esperá-la de carro a vinte passos de sua porta. Vou conduzi-las, as duas, até a província, a um asilo onde ninguém a procurará. E eu partirei logo, juro pela minha honra, só voltando para junto de você quando me autorizar. Estamos de acordo?

– Sim – fez ela, com um sinal de cabeça.

– Nesse caso, até amanhã à noite. E lembre-se de minhas palavras. Aconteça o que acontecer, está me ouvindo?, aconteça o que acontecer, nada vai prevalecer contra a minha vontade de protegê-la e contra o sucesso de minha empreitada. Se tudo parecer se voltar contra você, não perca a coragem. Não se inquiete de jeito nenhum. Diga a si mesma com fé, com ânimo, que, em meio ao mais forte perigo, nenhum perigo a ameaça. No exato momento em que for necessário, estarei lá. Sempre estarei lá. Minhas saudações, senhorita.

Ele se inclinou e beijou de leve a fita de sua pelerine. Depois, empurrando um velho painel de treliça, pulou para o meio da mata e tomou um caminho pouco demarcado que conduzia ao velho portão.

Aurélie não se mexeu do lugar que ocupava no banco de pedra.

Meio minuto se passou.

Nesse momento, percebendo um roçar de folhas do lado da brecha, ergueu a cabeça. Os arbustos se agitavam. Havia alguém ali. Sim, sem dúvida, alguém estava escondido ali.

Ela desejou chamar, gritar por socorro. Não conseguiu. Sua voz se engasgou.

As folhas se agitaram ainda mais. Quem iria aparecer? Com todas as suas forças, desejou que fosse Guillaume ou Jodot. Receava menos os dois bandidos do que Marescal.

Uma cabeça emergiu. Marescal saiu de seu esconderijo.

De baixo, à direita, subiu o ruído do velho portão maciço, que se fechava.

UMA DAS BOCAS DO INFERNO

Se a situação do terraço, bem no alto de um grande jardim, em uma parte por onde ninguém passeava e sob o abrigo de espessas folhagens, tinha oferecido algumas semanas de absoluta segurança a Aurélie e a Raoul, não era de se imaginar que Marescal fosse encontrar ali os poucos minutos que lhe eram necessários e que Aurélie não podia esperar nenhum auxílio? A cena se desenrolaria, fatalmente, até o término desejado pelo adversário, e o desfecho seria conforme a sua vontade implacável.

Ele sentiu isso tão bem que não se apressou. Avançou lentamente e parou. A certeza da vitória perturbava a harmonia de seu rosto regular e deformava seus traços, normalmente impassíveis. Um ricto erguia o canto esquerdo da boca, repuxando também metade de sua barba quadrada. Os dentes brilhavam. Os olhos eram cruéis e duros.

Ele zombou:

– Bem, senhorita, creio que os acontecimentos não me são muito desfavoráveis! Não há nenhum meio de escapar, como na estação de Beaucourt! Nenhum meio de me repelir como em Paris! Vai ter que se sujeitar à lei do mais forte, hein?!

Com o corpo ereto, os braços rígidos, os punhos crispados sobre o banco de pedra, Aurélie o contemplava com uma expressão de angústia louca. Nenhum gemido. Esperava.

– Como é bom vê-la assim, senhorita! Quando se ama da maneira exagerada como eu a amo, não é desagradável encontrar diante de si o medo e a revolta. Tanto mais ardente se fica ao conquistar sua presa... sua presa magnífica – acrescentou em voz baixa... – pois, na verdade, é de uma beleza incrível!

Percebendo o telegrama aberto, caçoou:

– É aquele excelente Brégeac, não é?, que anuncia sua chegada iminente e a partida de vocês...? Eu sei, eu sei. Há quinze dias vigio meu querido diretor e estou ao corrente de seus mais secretos projetos. Tenho junto a ele homens devotados. E foi assim que descobri seu refúgio e pude me adiantar em algumas horas. Só o tempo de explorar os lugares, a floresta, o vale, de espiá-la de longe e vê-la se encaminhar sem pressa para este terraço, e pude subir até aqui e surpreender uma silhueta que se afastava. Um namorado, não?

Deu alguns passos à frente. Ela ficou trêmula, e seu busto tocou a treliça que circundava o banco.

Ele se irritou:

– O que foi, beleza? Imagino que não recuava assim há pouco, quando o namorado se ocupava em acariciá-la. Quem é o felizardo, hein? Um noivo? Um amante, provavelmente. Vamos, vejo que cheguei justo na hora de defender meu bem e impedir a cândida aluna de Sainte-Marie de fazer bobagens! Ah, nunca eu teria imaginado isto...!

Conteve sua raiva e, inclinando-se sobre ela:

– No fim de contas, tanto melhor! As coisas ficam mais simples. A partida que eu jogava já era admirável, pois tenho todos os trunfos na mão. Mas quanta sorte! Aurélie não é de uma virtude ferrenha! Pode-se roubar e matar, escondendo-se na vala. E, depois, eis que Aurélie está prestes a pular o obstáculo. Então, por que não em minha companhia? Tanto faz que seja eu ou outro, hein, Aurélie? Se ele tem suas vantagens, eu tenho razões a meu favor que não são de se desdenhar. O que você me diz, Aurélie?

Ela se retesava obstinadamente. A indignação do inimigo se exasperava ante aquele silêncio terrível, e ele continuou, destacando cada palavra:

– Não temos tempo para nos deter em preciosismos nem para ficar trocando variedades não é, Aurélie? É preciso falar claramente, sem meias palavras, para que não haja mal-entendidos. Portanto, direto ao ponto. Silêncio sobre o passado e sobre as humilhações que sofri. Isso tudo não conta mais. O que conta é o presente. Um ponto é tudo. Ora, o presente é o assassinato no expresso, é a fuga pelos bosques, é a captura pelos policiais, são vinte provas, todas mortais contra a senhorita. O presente é hoje, em que eu a tenho sob minhas garras, e em que me basta querer para prendê-la, para conduzi-la até seu padrasto e gritar na cara dele, diante de testemunhas: "A mulher que matou, a que procuramos por toda parte, está aqui… e o mandado de prisão está no meu bolso. Avisem os policiais!".

Ergueu o braço, pronto, como dizia, para agarrar a criminosa.

E, com voz abafada, suspendendo a ameaça, terminou:

– Portanto, de um lado estão a denúncia pública, os jurados e um formidável castigo… E, de outro, está o segundo termo disto que lhe dou para escolher: o acordo, o acordo imediato, nas condições que você adivinha. É mais que uma promessa que exijo, é um juramento de joelhos que, uma vez de volta a Paris, venha me ver, só, em minha casa. É ainda mais, é prova imediata de que o acordo é leal, assinado por sua boca sobre a minha… e não um beijo de ódio e desgosto, mas uma beijo voluntário, como outras mais belas e mais difíceis que você me deram, Aurélie… um beijo de apaixonada… Mas me responda, que diabo! – gritou ele, em uma explosão de raiva. Responda se aceita. Estou cheio de seus ares de maluca! Responda, ou então eu a agarro, e será o beijo, de qualquer jeito, e a prisão!

Dessa vez sua mão caiu sobre seu ombro com uma violência irresistível, enquanto a outra mão, agarrando Aurélie pela garganta, imobilizou a cabeça dela contra a treliça e, aproximando os lábios... Mas o gesto não chegou ao fim. Marescal sentiu que a jovem fraquejava e não se mantinha de pé. Desmaiou.

O incidente perturbou Marescal profundamente. Ele viera sem um plano preciso, em todo caso sem outro plano além de lhe falar, e em uma hora, antes da chegada de Brégeac, obter promessas solenes e o reconhecimento de seu poder. Ora, o que o acaso lhe ofereceu foi uma vítima inerte e impotente.

Permaneceu alguns segundos curvado sobre ela, olhando com olhos ávidos, e olhando em torno dela aquela sala de folhagens, fechada e discreta. Nenhuma intervenção possível.

Mas outro pensamento o conduziu até o parapeito, e, pela brecha aberta no meio dos arbustos, contemplou o vale deserto, a floresta de árvores escuras, tenebrosa e misteriosa, onde ele observara, de passagem, a entrada de uma gruta. Aurélie jogada lá, aprisionada e mantida sob a ameaça terrível de policiais. Aurélie cativa, dois dias, três dias, oito dias se preciso, não seria o desfecho inesperado, triunfal, o início e o fim da aventura?

Soprou levemente um apito. À sua frente, na outra margem da lagoa, dois braços se agitaram por cima de duas moitas situadas na borda na floresta. Sinais convencionais: dois homens estavam lá, postados por ele para servirem às suas maquinações. Do lado de cá da lagoa, o barco balançava.

Marescal não hesitou mais, sabia que a ocasião era fugidia e que, se não a agarrasse de passagem, ela se dissiparia como uma sombra. Atravessou de novo o terraço e constatou que a jovem parecia prestes a voltar a si.

– Vamos agir – disse. – Senão...

Jogou sobre a cabeça dela um lenço de pescoço, dando um nó em duas das pontas sobre a boca, a título de mordaça. Depois, tomou-a nos braços e a carregou.

Ela era magra e pesava pouco. Ele era robusto. O fardo lhe pareceu leve. No entanto, quando chegou à brecha e observou a escarpa quase vertical do despenhadeiro, refletiu e julgou necessário tomar precauções. Então colocou Aurélie na borda da brecha.

Esperaria ela a falta cometida? Foi uma súbita inspiração de sua parte? Em todo caso, a imprudência de Marescal logo foi punida. Em um movimento imprevisto, com uma rapidez e uma decisão que o desconcertaram, ela soltou o lenço e, sem se preocupar com o que pudesse acontecer, deixou-se deslizar de alto a baixo, como uma pedra solta que rola em um desmoronamento de seixos e areia, sobre uma nuvem de poeira.

Recobrando-se de sua surpresa, ele se lançou com o risco de cair e a percebeu correndo livre, em ziguezague, da falésia à margem da água, como um animal acuado que não sabe onde se refugiar.

– Está perdida, minha pobre menina – declarou ele. – Nada a fazer senão se dobrar.

Marescal já quase a alcançava, e Aurélie vacilava de medo e tropeçava, quando ele teve a impressão de que alguma coisa tombava do alto do terraço e caía perto dele, assim como o teria feito um galho de árvore quebrado. Ao se virar, viu um homem com a parte inferior do rosto oculta por um lenço e que devia ser aquele a quem chamara de namorado de Aurélie. Teve tempo de pegar o revólver, mas não de utilizá-lo. Um pontapé do agressor, lançado no meio do peito, assim como um golpe de *savate*[3] vigorosamente aplicado, precipitou-o até o meio da perna em uma parte lamacenta da lagoa naquele ponto. Furioso, patinhando,

---

[3] Antiga variedade francesa do boxe, semelhante ao *kickboxing*. (N.T.)

apontou o revólver para o adversário no momento em que este, a vinte e cinco passos de distância, deitava a garota no barco.

– Alto! Ou eu atiro – gritou ele.

Raoul não respondeu. Ergueu sobre um banco uma tábua meio carcomida como um escudo de proteção para Aurélie e ele. Depois, empurrou para o meio da água o barco, que oscilava sobre as ondas.

Marescal atirou. Atirou cinco vezes. Atirou desesperada e furiosamente. Mas nenhuma da cinco balas, sem dúvida molhadas, foi disparada. Então, soprou o apito como fizera antes, mas de uma maneira mais estridente. Ao longe, os dois homens surgiram de seus esconderijos como bonecos de mola que saltassem de uma caixa de surpresas.

Raoul se encontrava no meio da lagoa, isto é, a trinta metros talvez da margem oposta.

– Não atirem! – gritou Marescal.

Não adiantaria nada, na verdade! O fugitivo não podia ter outro objetivo, para não ser engolfado pela corrente que se precipitava no abismo, senão atravessar em linha reta e atracar precisamente no ponto em que esperavam os dois capangas, de revólver em punho.

O próprio fugitivo se deu conta disso, porque subitamente fez meia-volta para retornar à margem onde só teria de combater um único adversário, e desarmado.

– Atirem! Atirem! – vociferou Marescal, que percebeu a manobra. Agora precisam atirar, porque ele está voltando! Atirem, vamos, caramba!

Um dos homens fez fogo.

No barco ouviu-se um grito. Raoul deixou de lado os remos e se deitou, enquanto a garota se jogava desesperadamente sobre ele. Os remos ficaram à tona da água. O barco se manteve um instante imóvel, incerto, depois virou um pouco de lado, apontando a proa para a corrente, recuou, deslizou para trás, primeiro lentamente, depois mais depressa.

– Com mil diabos – balbuciou Marescal –, estão liquidados!

Mas o que ele poderia fazer? O desfecho não deixava nenhuma dúvida. O barco foi apanhado por duas torrentes de pequenas ondas rápidas que se atropelaram de cada lado do lençol de água central, rodopiou ainda uma vez sobre si mesma, apontou bruscamente para diante, com os dois corpos deitados no fundo, e partiu como uma flecha rumo ao orifício escancarado que o engoliu.

Isso aconteceu com certeza mais de dois minutos depois que os dois fugitivos tinham deixado a margem.

Marescal não se moveu. Com os pés na água e o rosto contraído pelo horror, olhou para o maldito lugar como se contemplasse uma oca do inferno. Seu chapéu boiava na lagoa. Sua barba e seu cabelo estavam desalinhados.

– Será possível! Será possível…! – gaguejou… – Aurélie… Aurélie…

Um chamado de seus homens o despertou de seu torpor. Tiveram que dar uma grande volta para se reunirem ao chefe e o encontraram se secando. Marescal lhes perguntou:

– É verdade?

– O quê?

– O barco…? O precipício…?

Não sabia mais nada. Nos pesadelos é assim que ocorrem as mais abomináveis visões, deixando a impressão de realidades terríveis.

Os três escalaram até um ponto acima do precipício, marcado por uma laje e rodeado de caniços e plantas presas nas pedras. A água chegava embaixo em pequenas cascatas, entre as quais se erguiam grandes pedras. Eles se inclinaram. Escutaram. Nada. Nada a não ser um sopro frio que subia com a espuma branca.

– É o inferno – balbuciou Marescal… – É uma das bocas do inferno!

E repetia:

– Ela está morta… se afogou… Que besteira…! Que morte horrível…! Se aquele imbecil a tivesse deixado… eu teria… eu teria…

MAURICE LEBLANC

Eles se afastaram pelo bosque. Marescal caminhava como se seguisse um enterro. Por diversas vezes, seus companheiros o interrogaram. Eram indivíduos pouco recomendáveis, que ele tinha chamado para sua expedição, fora do serviço, e para os quais ele só dera informações sumárias. Não respondeu a eles. Pensava em Aurélie, tão graciosa, tão viva, que ele amava tão apaixonadamente. Sentia-se perturbado por complicadas lembranças de remorsos e de pavores.

Entretanto, não tinha a consciência muito tranquila. O inquérito iminente poderia atingi-lo, e, por conseguinte, atribuir a ele uma parte do trágico acidente. Nesse caso, seria sua derrocada, um escândalo. Brégeac seria impiedoso e levaria sua vingança até o fim.

Logo não pensava senão em partir e deixar a região o mais discretamente possível. Amedrontou seu capangas. Um perigo comum os ameaçava, disse ele, e a segurança deles exigia que se dispersassem e que cada um procurasse salvar a própria pele, antes que soasse o alarme e a presença deles fosse assinalada. Entregou-lhes o dobro do dinheiro combinado, evitou as casas de Luz e tomou a estrada de Pierrefitte-Nestalas com a esperança de encontrar um carro que o levasse à estação para pegar o trem das sete horas.

Foi somente a três quilômetro de Luz que passou por ele uma pequena charrete de duas rodas, coberta por um toldo e conduzida por um camponês coberto por uma ampla capa de lã e com uma boina basca na cabeça.

Marescal se armou de autoridade e disse em tom imperioso:

– Cinco francos se alcançarmos o trem.

O camponês não pareceu se impressionar, nem mesmo fustigou o frágil animal, que se arrastava entre as cangas, muito grandes.

O trajeto foi longo. Não avançavam. Podia-se dizer, ao contrário, que o camponês retinha o animal.

Marescal se enfurecia. Tinha perdido todo o controle sobre si mesmo e se lamentava:

– Não chegaremos… Que pangaré esse seu cavalo… Dez francos para você, hein, isso dá?

A região lhe parecia odiosa, povoada de fantasmas e percorrida por policiais no encalço do policial Marescal. A ideia de passar a noite nessa região onde jazia o cadáver daquela que ele tinha enviado para a morte estava além de suas forças.

– Vinte francos – disse ele.

E de súbito, perdendo a cabeça:

– Cinquenta francos! Vamos! Cinquenta francos! Não faltam mais que dois quilômetros… dois quilômetros em sete minutos… santo nome, será possível…? Vamos, raios, chicoteie esse pangaré…! Cinquenta francos…!

O camponês foi tomado de uma crise de energia furiosa e, como se precisasse mesmo atender àquela proposta magnífica, começou a bater com tanto ardor que o pangaré partiu a galope.

– Ei! Atenção, não vá nos jogar na valeta

O camponês pouco se preocupava com essa perspectiva. Cinquenta francos…!

Ele batia rodando o braço com a extremidade de um cassetete que terminava em uma ponta de cobre. O animal enfurecido redobrava a velocidade. A charrete saltava de um lado ao outro da estrada. Marescal se inquietava cada vez mais.

– Mas que idiotice! Vamos virar… Alto, com os diabos…! Vejam só, está maluco?! Pare aí! Chegamos!

"Era ali", na verdade. Um golpe de rédeas descontrolado, um desvio mais forte, e toda a tralha caiu em uma valeta de maneira tão desastrosa que a charrete virou de cabeça para baixo sobre os dois homens de bruços, e o pangaré, emaranhado nos arreios, com os cascos para o ar, dava coices na tábua do assento.

Marescal logo se deu conta de que saíra ileso da aventura. Mas o camponês o esmagava com todo o seu peso. Quis se desentalar dali. Não conseguiu. E ouviu uma voz amável sussurrar em seu ouvido:

– Tem fogo, Rodolphe?

Dos pés à cabeça, Marescal sentiu que seu corpo gelava. A morte devia dar aquela impressão atroz de membros enregelados que nada jamais seria capaz de reanimar. Balbuciou:

– O homem do expresso...

– O homem do expresso, esse mesmo – repetiu a boca que lhe sussurrava no ouvido.

– O homem do terraço – gemeu Marescal.

– Absolutamente certo... o homem do expresso, o homem do terraço... e também o homem de Monte Carlo, e o homem do Boulevard Haussmann, e o assassino dos irmãos Loubeaux e cúmplice de Aurélie, e o condutor do barco, e o camponês da charrete. E aí, hein, meu velho Marescal, são muitos guerreiros para combater, e todos de peso, permita-me dizer.

O pangaré havia parado com seus coices e tinha se levantado. Pouco a pouco, Raoul tirou sua capa de lã com a qual conseguiu embrulhar o comissário, imobilizando, assim, seus braços e pernas. Empurrou a charrete, puxou as cintas e as rédeas dos arreios e amarrou fortemente Marescal, que ergueu em seguida para fora da valeta até o alto, no meio do espesso matagal. Restavam duas correias, com a ajuda das quais ele prendeu o corpo do comissário no tronco de uma bétula.

– Não tem sorte comigo, meu velho Rodolphe. Com esta já são duas vezes que eu o enfaixo como a um faraó. Ah, não me esqueci do lenço de Aurélie para lhe fazer uma mordaça! Não grite e não seja visto é a regra do cativo perfeito. Mas você pode olhar à vontade e até escutar tudo. Preste atenção: está ouvindo o trem apitar? Tuf... tuf... tuf... e se afasta, e com ele a doce Aurélie e seu padrasto. Pois preciso lhe assegurar:

ela está tão viva quanto você e eu. Um pouco cansada, talvez, depois de tantas emoções! Mas basta uma boa noite de sono e nada disso vai sobrar.

Raoul amarrou o animal e ajeitou os destroços do veículo. Depois, veio sentar-se perto do comissário.

– Divertida a aventura do naufrágio, não? Mas nenhum milagre, como você poderia acreditar. E também nenhum acaso. Para seu governo, fique sabendo que jamais conto nem com milagre nem com o acaso, mas unicamente comigo. Portanto... mas não aborrece você esse meu pequeno discurso? Não acha melhor dormir? Não? Então, continuo... Assim, eu acabava de deixar Aurélie no terraço quando senti, no caminho, uma inquietude: seria prudente deixá-la assim? Sabe-se lá se algum malfeitor não estaria rodeando por ali, se algum bonitão engomadinho não estaria farejando pelas redondezas...? Esse tipo de intuição faz parte da minha natureza... Sempre obedeço. Portanto, retornei. E o que é que avisto? Rodolphe, sequestrador infame e policial desleal, mergulha no vale em busca de sua presa. Nisso, eu caio do céu, lhe ofereço um banho para os pés na lama, carrego Aurélie comigo e vamos em frente. A lagoa, a floresta, as grutas, era a liberdade. E pumba! Você sopra o apito, e dois matutos aparecem ao seu chamado. Que fazer? Problema insolúvel, se é que foi! Não, uma ideia genial... E se eu me deixasse engolir pelo abismo? Justamente nessa hora um revólver me cospe uma rajada. Eu me faço de morto no fundo da canoa. Explico as coisas para Aurélie e, zás, mergulhamos de cabeça na boca do escoamento.

Raoul deu um tapinha na coxa de Marescal.

– Não, eu lhe peço, meu bom amigo, não se emocione: não corremos nenhum risco. Todo mundo na região sabe que, pegando esse túnel talhado em pleno terreno calcário, somos depositados duzentos metros mais abaixo, sobre uma pequena praia de areia fina, de onde subimos alguns degraus confortáveis. Aos domingos, dezenas de garotos praticam assim o nado com esquife, puxando seu barquinho na volta. Nenhum arranhão a temer. E, desse jeito, pudemos assistir de longe à sua prostração e vê-lo partir, de cabeça baixa, sob o peso dos remorsos. Então, reconduzi Aurélie ao jardim do convento. Seu padrasto veio buscá-la de carro para tomar o trem, enquanto eu fui pegar minha mala, comprei a charrete e os trajes de camponês e me afastei como pude sem outro objetivo senão dar cobertura à retirada de Aurélie.

Raoul apoiou a cabeça no ombro de Marescal e fechou os olhos.

– Inútil lhe dizer que tudo isso me cansou um pouco e que um sono me parece necessário. Vele pelos meus sonhos, meu bom Rodolphe, e não se inquiete. Tudo pelo melhor no melhor dos mundos. Cada um ocupa o lugar que merece, e os tolos servem de travesseiro aos espertos como eu.

E dormiu.

A noite caía. Descia a sombra em torno deles. Às vezes, Raoul acordava e pronunciava algumas palavras sobre as estrelas cintilantes ou sobre a claridade azul da lua. Depois, de novo, caía no sono.

Perto da meia-noite, sentiu fome. Em sua mala, levava alimentos. Ofereceu-os a Marescal e lhe tirou a mordaça.

– Coma, meu caro amigo – disse ele, enfiando queijo em sua boca.

Mas Marescal logo foi tomado de fúria e cuspiu o queijo, murmurando:

– Imbecil! Cretino! O tolo foi você! Sabe o que foi que você fez?

– Ora! Eu salvei Aurélie. O padrasto dela a levou para Paris, e eu vou me encontrar com ela.

– O padrasto dela! O padrasto dela! – gritou Marescal. – Então você não sabe?

– O quê?

– O padrasto a ama.

Raoul o agarrou pela garganta, fora de si.

– Imbecil! Cretino! Não podia ter me dito isso, em lugar de escutar meus discursos idiotas? Ele a ama? Ah, o miserável... Mas todo mundo ama essa garota, então! Bando de brutamontes! Nunca se olharam em um espelho, então? Você, principalmente, com esse cabelo cheio de goma?

Inclinou-se mais e disse:

– Ouça bem, Marescal, vou arrancar a garota das mãos do padrasto. Mas me deixe tranquilo. Não se ocupe mais de nós.

– Não é possível – disse o comissário com voz abafada.

– Por quê?

– Ela matou.

– De modo que seu plano...?

– Entregá-la à justiça, e vou conseguir, porque a odeio.

Disse isso em um tom de rancor feroz, o que fez Raoul compreender que de agora em diante o ódio, em Marescal, importava mais do que o amor.

– Tanto pior para você, Rodolphe. Eu ia lhe propor uma promoção, alguma coisa como um posto de chefe da polícia. Prefere lutar. Como quiser. Comece então com uma noite ao relento. Nada melhor para a saúde. Quanto a mim, vou a cavalo até Lourdes, que fica à beira da estrada de ferro. Em quatro horas, chego lá trotando com minha égua. E esta noite estarei em Paris, onde começarei colocando Aurélie em segurança. Adeus, Rodolphe.

Prendeu a mala como pôde, lançou-se sobre a égua e, sem estribos, sem sela, assobiando uma canção de caça, mergulhou na noite.

À noite, em Paris, uma senhora idosa que se chamava Victoire, e que tinha sido ama de leite dele, esperava de automóvel diante da pequena mansão da Rue de Courcelles, onde morava Brégeac. Raoul estava ao volante.

Aurélie não apareceu.

Desde a aurora, ele retomou sua vigília. Na rua, notou um trapeiro que passava, após ter cutucado, com a ponta em gancho de seu bastão, o fundo das latas de lixo. E em seguida, com o sentido especial que o fazia reconhecer os indivíduos mais pelo seu andar do que por outra característica, encontrou sob alguns farrapos e um sórdido boné, ainda que mal o tivesse visto no jardim da Villa Faradoni e na estrada de Nice, o assassino Jodot.

"Ora, vejam só", disse a si mesmo Raoul, "este já está em ação?"

Por volta das oito horas, uma camareira saiu da mansão e correu à farmácia vizinha. Com uma nota de dinheiro na mão, ele a abordou e soube que Aurélie, trazida na véspera por Brégeac, estava deitada com uma forte febre e delirava.

Por volta de meio-dia, Marescal rondava a casa.

MANOBRAS E DISPOSITIVOS DE BATALHA

Os acontecimentos proporcionavam a Marescal uma inesperada ajuda. Aurélie, retida no quarto, representava o malogro do plano idealizado por Raoul, a impossibilidade de fugir e a terrível espera da denúncia. Marescal, aliás, tomou medidas imediatas: a enfermeira que foi colocada junto a Aurélie era uma criatura dele e, como Raoul pôde assegurar, prestava-lhe contas diariamente do estado de saúde da doente. Em caso de melhora súbita, ele agiria.

"Sim", disse Raoul consigo, "mas se ele não agiu é porque tem motivos que ainda o impedem de denunciar publicamente Aurélie, e prefere esperar o fim da doença. Ele se prepara. Vamos nos preparar também".

Se bem que se opusesse às hipóteses demasiado lógicas que os fatos sempre desmentem, Raoul havia tirado das circunstâncias algumas conclusões por assim dizer involuntárias. A estranha realidade na qual ninguém no mundo havia pensado nem por um instante, e que era tão simples, ele a entrevia confusamente, mais pela força das coisas do que por um esforço mental, e compreendia que chegara o momento de atacar com resolução.

"Em um expedição", dizia-se ele com frequência, "o mais difícil é o primeiro passo".

Ora, se ele percebia claramente certos atos, os motivos desses atos permaneciam obscuros. Os personagens do drama conservavam para ele uma aparência de robôs que se debatiam na tempestade e na tormenta. Se ele queria vencer, não era suficiente defender Aurélie dia a dia, mas vasculhar o passado e descobrir as profundas razões que haviam determinado a ação de todas aquelas pessoas e as influenciado no decurso da noite trágica.

"Feitas as contas", disse consigo, "além de mim, há quatro atores de primeiro plano que giram em torno de Aurélie e que, os quatro, a perseguem: Guillaume, Jodot, Marescal e Brégeac. Desses quatro, há uns que se aproximam dela por amor, outros para lhe arrancar seu segredo. A combinação desses dois elementos, amor e cupidez, determina toda a aventura. Ora, Guillaume está no momento fora de questão. Brégeac e Jodot não me preocupam enquanto Aurélie estiver doente. Resta Marescal. Esse é o inimigo que deve ser vigiado."

Havia em frente à mansão de Brégeac um apartamento vago. Raoul se instalou ali. No entanto, uma vez que Marescal empregava a enfermeira, Raoul sondou a camareira e a subornou. Três vezes, na ausência da enfermeira, essa mulher o levou para junto de Aurélie.

A garota parecia não o reconhecer. Ainda estava tão enfraquecida por causa da febre que não conseguia dizer senão palavras desconexas e novamente fechava os olhos. Mas ele não duvidava de que ela o ouvia e sabia quem lhe falava assim, com aquela voz doce que a relaxava e a acalmava como em um passe de mágica.

– Sou eu, Aurélie – disse ele. – Veja que fui fiel à minha promessa e que você pode ter toda a confiança em fim. Eu lhe juro que seus inimigos não são capazes de lutar contra mim e que vou libertá-la. Como poderia ser de outra forma? Só penso em você. Procuro reconstruir sua vida, e ela me aparece pouco a pouco, tal como é, simples e honesta. Sei que você é inocente. Sempre soube disso, mesmo quando a acusei. As provas mais irrefutáveis me parecem falsas; a garota de olhos verdes não podia ser uma criminosa.

Não receou ir mais longe em suas confidências e lhe dizer palavras ternas que ela seria obrigada a escutar e que ele entremeava de conselhos:

– Você é tudo na minha vida... Nunca encontrei mulher mais graciosa e encantadora... Aurélie, confie em mim... Só lhe peço uma coisa, está ouvindo?, confiança. Se alguém a interrogar, não responda. Se alguém lhe escrever, não responda. Se quiserem fazer você sair daqui, recuse. Tenha confiança, até o último minuto da hora mais cruel. Estou por perto. Sempre estarei por perto, porque só vivo para você e por você...

O rosto da garota adquiriu uma expressão de calma. Ela adormeceu como embalada por um sonho feliz.

Então ele penetrou nos aposentos reservados a Brégeac e os vasculhou, sem sucesso, aliás, à procura de documentos e indícios que pudessem guiá-lo.

Fez também, no apartamento que Marescal ocupava na Rue de Rivoli, visitas domiciliares extremamente minuciosas.

Enfim, procedeu a um rigoroso inquérito nos escritórios do Ministério do Interior, onde os dois homens trabalhavam. A rivalidades deles e seu ódio eram conhecidos de todos. Apoiados os dois pela alta cúpula, eram ambos combatidos, fosse no ministério, fosse na chefatura de polícia, por poderosos personagens que batalhavam acima de suas cabeças. O serviço sofria com isso. Os dois homens se acusavam abertamente de fatos graves. Falava-se em aposentadoria. Qual seria sacrificado?

Um dia, oculto atrás de uma cortina, Raoul percebeu Brégeac na cabeceira de Aurélie. Era um sujeito bilioso, de rosto magro e amarelado, muito alto, a que não faltava certo porte e que, em todo caso, tinha mais elegância e distinção do que o vulgar Marescal. Acordando, ela o viu, inclinado sobre ela, e lhe disse em tom duro:

– Deixe-me... Deixe-me...

– Como você me detesta – murmurou ele –, e com que alegria me faria mal!

– Eu jamais faria mal àquele com quem minha mãe se casou – disse ela. Ele olhou para ela com um sofrimento visível.

– Você é muito bonita, minha pobre menina... Mas, ai de mim, por que sempre rejeita minha afeição? Sim, eu sei, agi mal. Por um bom tempo só me senti atraído por você por causa do segredo que você escondia de mim sem razão. Mas, se você não tivesse ficado obstinada em um silêncio absurdo, eu não teria pensado em outras coisas que são um suplício para mim... porque você jamais me amará... porque não consegue me amar.

A garota não queria ouvi-lo e virava a cabeça. No entanto, ele disse ainda:

– Durante seu delírio, você falou muito de revelações que gostaria de me fazer. Eram a esse propósito? Ou então sobre sua fuga insensata com esse Guillaume? Aonde a conduziu esse miserável? O que você se tornou antes de se refugiar em seu convento?

Ela não respondeu, por esgotamento, talvez por desprezo.

Brégeac se calou. Quando ele partiu, Raoul, afastando-se por sua vez, viu que ela chorava.

Em resumo, ao fim de duas semanas de investigações, qualquer outro que não Raoul se sentiria desencorajado. De maneira geral, e fora certas tendências que ele tinha de interpretá-las a seu modo, os grandes problemas permaneciam insolúveis ou, ao menos, sem solução aparente.

"Mas não perco meu tempo", dizia ele consigo, "e é o essencial. Agir consiste, com frequência, em não agir. A atmosfera é menos espessa. Minha visão dos seres e dos acontecimentos fica mais precisa e se fortalece. Se ainda falta um fato novo, ao menos estou bem no centro dos acontecimentos. Na véspera de um combate que se anuncia violento, quando todos os inimigos mortais vão se enfrentar, as necessidades do combate e a necessidade de encontrar as armas mais eficazes certamente provocarão o choque inesperado, que produzirá faíscas."

Uma faísca se produziu mais cedo do que Raoul imaginava e clareou um lado de trevas onde ele acreditava que se poderia produzir alguma coisa de importante. Uma manhã, com a testa colada nas vidraças e os olhos fixos nas janelas de Brégeac, ele reviu, sob a roupa de trapeiro, o cúmplice Jodot. Este, daquela vez, levava no ombro um saco de pano onde jogava o que apanhava. Encostou-a no próprio muro da casa, sentou-se na calçada e pôs-se a comer, ao mesmo tempo que remexia a lata de lixo mais próxima. O gesto parecia maquinal, mas, após um instante, Raoul discerniu facilmente que o homem atraía para si envelopes amassados e cartas rasgadas. Olhava para elas distraidamente, depois continuava sua triagem; sem nenhuma dúvida, a correspondência de Brégeac lhe interessava.

Quinze minutos depois, recolocou o saco nas costa e se foi. Raoul o seguiu até Montmartre, onde Jodot tinha um brechó.

Ele voltou nos três dias seguintes, e a cada vez recomeçava exatamente a mesma operação equívoca. Mas, no terceiro dia, que era um domingo, Raoul surpreendeu Brégeac, que espiava atrás de sua janela. Quando Jodot partiu, Brégeac, por sua vez, seguiu-o com todas as precauções. Raoul os acompanhou de longe. Será que iria conhecer o elo que unia Brégeac e Jodot?

Atravessaram assim, uns atrás dos outros, o bairro de Monceau, passaram pelas fortificações e alcançaram, na extremidade do Boulevard Bineau, as margens do Sena. Algumas *villas* modestas se alternavam com terrenos baldios. Junto a uma delas, Jodot largou seu saco no chão e, sentando-se, comeu.

Ficou ali por quatro ou cinco horas, vigiado por Brégeac, que almoçava a trinta metros de distância, sob o caramanchão de um pequeno restaurante, e por Raoul, que, deitado na relva, fumava alguns cigarros.

Quando Jodot partiu, Brégeac se afastou para outro lado, como se aquilo tivesse perdido todo o interesse, e Raoul entrou no restaurante, conversou com o proprietário e soube que a *villa* junto a qual Jodot estivera sentado pertencia, algumas semanas antes, aos irmãos Loubeaux, assassinados no expresso de Marselha por três indivíduos. A justiça lacrara o local e tinha confiado a guarda a um vizinho, o qual, todos os domingos, saía para passear.

Raoul estremeceu ao ouvir o nome dos irmãos Loubeaux. As tramoias de Jodot começavam a ter sentido.

Interrogou mais a fundo e soube que, na época de sua morte, os irmãos Loubeaux moravam muito pouco naquela *villa*, que lhes servia apenas como entreposto para seu comércio de vinhos de Champagne. Tinham se separado de seu sócio e viajavam por conta própria.

– O sócio deles? – perguntou Raoul.

– Sim, seu nome ainda está inscrito na placa de cobre pregada perto da porta: "Irmãos Loubeaux e Jodot".

Raoul reprimiu um movimento.

– Jodot?

– Sim, um homem alto, de rosto vermelho, um ar de gigante de feira. Há mais de um ano que ninguém o tem visto por aqui.

"Informações de considerável importância", disse Raoul consigo, "de uma vez só. Então, Jodot tinha sido outrora sócio dos dois irmãos que iria matar em seguida. Não é de espantar, então, que a justiça não o tenha incomodado, pois jamais supôs que houve um Jodot no negócio, e uma vez que Marescal está persuadido de que o terceiro cúmplice sou eu. Mas então por que o assassino Jodot vem, ele mesmo, até onde antigamente moravam suas vítimas? E por que Brégeac vigia essa andança?"

A semana transcorreu sem incidentes. Jodot não apareceu mais na frente da casa de Brégeac. Mas no sábado à noite, Raoul, persuadido de que o indivíduo retornaria à *villa* no domingo de manhã, pulou o muro

ARSÈNE LUPIN E A GAROTA DE OLHOS VERDES

que circundava o terreno baldio contíguo e entrou por uma das janelas do primeiro andar.

Nesse andar, dois quartos ainda estavam mobiliados. Sinais evidentes permitiam crer que tinham sido revistados. Quem? Agentes do Ministério Público? Brégeac? Jodot? Por quê?

Raoul não se deteve. O que os outros tinham vindo procurar ou não se encontrava ali, ou não se encontrava mais ali. Instalou-se em uma poltrona para passar a noite. Com a luz de uma pequena lanterna de bolso, pegou da mesa um livro cuja leitura não tardou a levá-lo a dormir.

A verdade só se revela àqueles que a obrigam a sair da sombra. É quando frequentemente a julgamos distante que um acaso vem colocá-la pura e simplesmente no lugar que lhe tinham preparado, e o mérito é justamente a qualidade dessa preparação. Ao despertar, Raoul reviu o livro em que dera uma olhada. A encadernação era revestida por uma espécie de percalina lustrosa tirada de um desses quadrados de tecido negro sedoso empregados pelos fotógrafos para cobrir seus aparelhos.

Deu uma busca. Na confusão de um armário cheio de retalhos e de papéis, encontrou um desses tecidos. Três pedaços redondos, cada um do tamanho de um prato, haviam sido cortados dali.

"Aí está", murmurou ele, com emoção. "Acertei em cheio. As três máscaras dos bandidos do expresso vieram daqui. Este tecido é a prova irrefutável. O que aconteceu ele explica e ilustra."

A verdade lhe parecia agora tão natural, tão de acordo com as intuições inexprimíveis que ele havia tido, e, em certa medida, tão divertida em sua simplicidade que ele se pôs a rir no profundo silêncio da casa.

"Perfeito, perfeito", disse a si mesmo. "O próprio destino vai me trazer os elementos que me faltam. Daqui em diante, ele vai estar a meu serviço, e todos os detalhes da aventura vão se precipitar ao meu chamado e se enfileirar à plena luz."

Às oito horas, o vigia da *villa* deu sua volta de domingo pelo andar térreo e trancou as portas. Às nove horas, Raoul desceu na sala de jantar e, deixando as venezianas fechadas, abriu a janela bem em cima do lugar onde Jodot tinha vindo se sentar.

Jodot foi pontual. Chegou com seu saco, que colocou junto do muro. Depois se sentou e comeu. E, enquanto comia, monologava em voz baixa, tão baixa que Raoul nada ouvia. A refeição, composta de frios e queijos, foi finalizada com um cachimbo, e a fumaça subia até Raoul.

Deu mais uma cachimbada, depois outra. E assim se passaram duas horas sem que Raoul pudesse compreender os motivos dessa longa espera. Pelas frestas das venezianas, ele via duas pernas envoltas em farrapos e os sapatos surrados. Adiante, corria o rio. Os transeuntes iam e vinham. Brégeac devia estar de vigia sob um dos caramanchões do restaurante.

Enfim, alguns minutos antes do meio-dia, Jodot pronunciou estas palavras: "E então? Nada de novo? Confesso que ela é mesmo dura, essa aí!".

Ele parecia falar não consigo mesmo, mas com alguém que estivesse junto dele. No entanto, não havia encontrado ninguém, e não havia ninguém perto dele.

– Caramba! – resmungou Jodot –, estou dizendo que ela está lá! Não foi só uma vez que eu a tive em minhas mãos, e a vi com meus próprios olhos. Você fez direito o que eu lhe disse? Vasculhou todo o lado direito da adega, como no outro dia o lado esquerdo? Então… então… devia ter encontrado…

Calou-se por um bom tempo, depois continuou:

– Talvez a gente possa tentar do outro lado e chegar até o terreno baldio, atrás da casa, caso tenham jogado a garrafa lá, antes do golpe do expresso. É um esconderijo a céu aberto, tão bom como qualquer outro. Se Brégeac revistou a adega, não deve ter pensado em olhar fora. Vá lá e procure. Eu espero.

Raoul não escutou mais. Tinha refletido e começava a compreender, desde que Jodot tinha falado da adega. Essa adega devia estender-se de um ponto ao outro da casa, com um respiradouro para a rua e outro para a outra fachada. A comunicação era fácil pelos tubos de respiração.

Arsène Lupin e a garota de olhos verdes

Subiu rapidamente ao primeiro andar, onde um dos quartos dominava o terreno baldio, e, em seguida, constatou a exatidão de sua suposição. No meio de um espaço não construído, onde se erguia uma tabuleta com as palavras "Vende-se", entre um monte de ferragens, de tonéis desmanchados e de garrafas quebradas, um garotinho de sete ou oito anos, raquítico, de uma magreza incrível sob uma malha cinza colada a seu corpo, procurava, esgueirava-se, deslizava com uma agilidade de esquilo.

O campo de suas investigações, que pareciam ter por objetivo único a descoberta de uma garrafa, achava-se singularmente restrito. Se Jodot não estava enganado, a operação devia ser rápida. E foi. Depois de dois minutos, tendo afastado algumas caixas velhas, o menino se levantava e, sem perda de tempo, punha-se a correr até a villa, com uma garrafa de gargalo quebrado e cinzenta de poeira.

Raoul precipitou-se até o andar térreo a fim de alcançar a adega e subtrair o menino de seu butim. Mas a porta do subsolo que ele observara do vestíbulo não pôde ser aberta, e ele retomou sua vigília diante da janela da sala.

Jodot murmurou logo:

– Está aí? Na sua mão? Ah, beleza, então...! Agora estou com a bola toda. O amigo Brégeac não poderá mais me amolar. Depressa, agora você vai se enfurnar.

O pequeno teve que "se enfurnar", o que consistia evidentemente em se apertar por entre as grades do respiradouro e rastejar como um furão até o fundo do saco, sem que nenhum fiapo de tecido indicasse sua passagem.

E logo Jodot se ergueu, jogou seu fardo no ombro e se afastou.

Sem a mínima hesitação, Raoul fez com que se soltassem os lacres da porta, quebrou a fechadura e saiu da *villa*.

A trezentos metros, Jodot caminhava, levando o cúmplice que lhe servira primeiro para explorar o subsolo da mansão de Brégeac, depois o da *villa* dos irmãos Loubeaux.

· 121

Cem metros atrás, Brégeac serpenteava entre as árvores.

E Raoul percebeu que, no Sena, um pescador de anzol remava no mesmo sentido: Marescal.

Assim, portanto, Jodot era seguido por Brégeac, Brégeac e Jodot eram seguidos por Marescal, e os três eram seguidos por Raoul.

Como aposta da partida, a posse de uma garrafa.

"Olhe que é palpitante", dizia-se Raoul. "Jodot tem a garrafa... é verdade, mas ignora que ela é cobiçada. Quem será o mais esperto dos três outros ladrões? Se não existisse Lupin, eu apostaria em Marescal. Mas existe Lupin."

Jodot estendera seu saco de maneira que a criança ficasse à vontade, e, sentado em um banco, examinava a garrafa, sacudia-a e a fazia brilhar ao sol.

Para Brégeac, era o momento de agir. Assim pensou, e bem de leve se aproximou.

Tinha aberto uma sombrinha e a segurava como um escudo, ocultando o rosto. No barco, Marescal desaparecia sob um amplo chapéu de palha.

Quando Brégeac chegou a três passos do banco, fechou a sombrinha, pulou, sem se preocupar com os transeuntes, agarrou a garrafa e fugiu por uma avenida que o levava para o lado das fortificações.

Foi tudo executado habilmente e com uma admirável rapidez. Aturdido, Jodot hesitou, gritou, agarrou seu saco, colocou-o de volta no chão como se não acreditasse que podia correr tão depressa com aquele fardo... em suma, foi posto fora de combate.

Mas Marescal, prevendo essa agressão, pulou em terra e saiu no encalço, o que Raoul também fez. Havia agora só três competidores.

Brégeac, como um bom campeão, só pensava em correr e não se virou para trás. Marescal só pensava em Brégeac e não se virou mais, de sorte que Raoul não tomou nenhuma precaução. Para quê?

Em dez minutos, o primeiro dos três corredores alcançou a Porte de Ternes. Brégeac sentia tanto calor que tirou seu sobretudo. Perto da barreira para transpor essa porta da cidade, havia um bonde parado, e muitos passageiros esperavam na estação para tomá-lo e voltar para Paris.

O controlador da barreira chamava os números. Mas os empurrões foram tão fortes que Marescal não teve nenhuma dificuldade em tirar a garrafa do bolso de Brégeac, e este nada percebeu. Marescal logo passou pela barreira e foi-se embora.

"E de dois já me livrei", riu Raoul, "meus amigos se eliminaram entre eles; estão trabalhando para mim."

Quando Raoul, por sua vez, passou pela barreira, viu Brégeac, que fazia desesperados esforços para sair do bonde, apesar da multidão, e para começar a perseguir o seu ladrão.

Este escolhia as ruas paralelas à Avenue des Ternes, que são mais estreitas e mais tortuosas. Corria como um louco. Quando parou na esquina da Avenue de Wagram, estava sem fôlego. Rosto suado, olhos injetados de sangue, veias dilatadas, enxugou-se um instante. Não aguentava mais.

Comprou um jornal e embrulhou a garrafa, após dar uma olhada nela. Depois colocou-a debaixo do braço e partiu em passos vacilantes, como alguém que só está de pé por milagre. Na verdade, o belo Marescal não conseguia mais ficar ereto. Seu colarinho estava torcido como um pano molhado. Sua barba terminava em duas pontas, de onde pingavam gotas.

Foi um pouco antes da Place de l'Étoile que um senhor de grossos óculos pretos, que vinha em sentido contrário, apresentou-se a ele, de cigarro aceso nos lábios. O senhor lhe barrou o caminho, e é claro que não lhe pediu fogo, mas, sem uma palavra, soltou a fumaça em seu rosto, com um sorriso que mostrava seus dentes, quase todos pontudos como caninos.

O comissário escancarou os olhos. Balbuciou:

– Quem é o senhor? O que quer de mim?

Mas de que adiantava perguntar? Não sabia ele que ali estava seu mistificador, aquele que ele chamava de terceiro cúmplice, o namorado de Aurélie, e seu eterno inimigo, dele, Marescal?

E aquele homem, que lhe parecia o diabo em pessoa, esticou o dedo para a garrafa e disse em um tonzinho de afetuosa brincadeira:

– Vamos, passe para cá... seja gentil com o cavalheiro... passe para cá. Será que um comissário do seu calibre fica passeando assim com uma garrafa? Vamos, Rodolphe... passe para cá...

Marescal logo fraquejou. Gritar, pedir socorro, amotinar os transeuntes contra o assassino, teria sido incapaz disso. Estava fascinado. Aquele ser infernal lhe sugava toda a energia, e estupidamente, sem nem pensar em resistir, como um ladrão que acha natural restituir o objeto roubado, deixou a garrafa ser tomada de seu braço, que não podia mais segurá-la.

Nesse momento chegava Brégeac, sem fôlego também, e sem força alguma, nem para se atirar sobre o terceiro ladrão, nem para interpelar Marescal. E, plantados os dois na beira da calçada, atordoados, olharam para o cavalheiro de óculos redondos que chamava um automóvel, se instalava ali e lhes enviava pela janela uma ampla saudação com o chapéu.

Um vez em casa, Raoul desfez o papel que embrulhava a garrava. Era um litro como esses de água mineral, um litro antigo, sem rolha, de vidro negro e opaco. No rótulo, sujo e empoeirado também, e que ainda assim tinha sido protegido das intempéries, em uma inscrição em grossas letras impressas se lia facilmente:

ÁGUA DE JUVENTA

Abaixo, várias linhas que ele teve dificuldade de decifrar e que constituíam evidentemente a fórmula dessa Água de Juventa:

Bicarbonato de sódio ....1.349 gramas

de potássio ....0,435 gramas

de cálcio ....1.000 gramas

Milicuries..etc.

Mas a garrafa não estava vazia. No interior, alguma coisa se mexia, alguma coisa leve que fazia o barulho de um papel. Virou o litro, sacudiu, nada saiu dali. Introduziu ali um fio de barbante com um grande nó na ponta, e assim, com muita paciência, extraiu dali uma fina folha de papel, enrolada como um canudo amarrado por um cordão vermelho. Desenrolando o canudo, viu que não era mais do que uma folha de papel comum e que sua parte inferior fora cortada, ou melhor, rasgada de modo desigual. Ali se encontravam caracteres escritos a tinta, muitos dos quais faltando, mas que eram suficientes para formar algumas frases:

A acusação é verdadeira, e minha confissão é formal. Sou o único responsável pelo crime cometido, e não se deve atribuí-lo nem a Jodot nem a Loubeaux. – Brégeac.

Desde a primeira vista de olhos, Raoul reconheceu a letra de Brégeac, mas escrita com uma tinta desbotada pelo tempo e que permitia, assim como o estado do papel, fazer o documento remontar a quinze ou vinte anos atrás. Que crime era esse? E contra quem tinha sido cometido?

Refletiu por um longo momento. Após isso concluiu a meia voz:

"Toda a obscuridade do caso provém do fato de que é duplo, em que duas aventuras se misturam, dois dramas em que o primeiro domina o segundo. Aquele do expresso, tendo como personagens os dois irmãos Loubeaux, Guillaume, Jodot e Aurélie. E um primeiro drama, que ocorreu antigamente, e em que hoje dois dos atores se enfrentam: Jodot e Brégeac.

"A situação, cada vez mais complexa para quem não possuísse a palavra do segredo da fechadura, torna-se para mim cada vez mais precisa. Aproxima-se a hora da batalha, e o prêmio é Aurélie, ou melhor, o segredo que palpita no fundo de seus belos olhos verdes. Quem for, por alguns instantes, pela força, pela astúcia ou pelo amor, dono de seu olhar e de seu segredo, será dono desse segredo, pelo qual já houve tantas vítimas.

"E, nesse turbilhão de vinganças e de ódios cúpidos, Marescal traz, com suas paixões, suas ambições e seus rancores, essa assustadora máquina de guerra que é a justiça.

"Em vista disso, eu..."

Preparou-se minuciosamente, e com muito mais energia, porque cada um dos adversários multiplicava as precauções. Brégeac, sem nenhuma prova formal contra a enfermeira que informava Marescal, e contra a camareira que Raoul subornava, despediu ambas. As venezianas das janelas que davam para a frente foram fechadas. Por sua vez, os agentes de Marescal começavam a se mostrar na rua. Só Jodot não aparecia mais. Desarmado provavelmente pela perda do documento em que Brégeac tinha confirmado suas confissões, devia estar escondido em algum refúgio seguro.

Esse período se prolongou por quinze dias. Raoul se fizera apresentar, sob um nome falso, à mulher do ministro que protegia abertamente Marescal, e conseguira penetrar na intimidade daquela dama um tanto madura, muito ciumenta, e para quem seu marido não tinha nenhum segredo. As atenções de Raoul lhe proporcionavam fortes sentimentos de prazer. Sem perceber o papel que desempenhava, e ignorando aliás a paixão de Marescal por Aurélie, hora a hora ela mantinha Raoul informado das intenções do comissário, do que ele combinava em relação a Aurélie, e da maneira como procurava, com a ajuda do ministro, derrubar Brégeac e os que o apoiavam.

Raoul teve medo. O ataque era tão bem organizado que ele se perguntou se não deveria tomar a dianteira, raptar Aurélie e destruir, assim, o plano do inimigo.

"E depois?", dizia consigo. "De que me adiantaria a fuga? O conflito continuaria o mesmo, e tudo teria de ser recomeçado."

Soube resistir à tentação.

Em um fim de tarde, voltando para casa, encontrou uma carta pneumática[4]. A mulher do ministro lhe anunciava as últimas decisões tomadas, entre as quais a detenção de Aurélie, marcada para o dia seguinte, 12 de julho, às três horas da tarde.

"Pobre garota de olhos verdes", pensou Raoul. Terá ela confiança em mim, contra tudo e todos, como lhe pedi? Não serão mais lágrimas e angústia para ela?"

Dormiu tranquilamente, como um grande capitão à véspera do combate. Às oito horas, levantou-se. Começava o dia decisivo.

Ora, por volta de meio-dia, como a criada que o servia, sua velha ama Victoire, vinha da rua pela porta de serviço com sua sacola de compras, seis homens, postados na escada, penetraram à força na cozinha.

– Seu patrão está aí? – perguntou um deles brutalmente. – Vamos, depressa, não vale a pena mentir. Sou o comissário Marescal e tenho um mandado contra ele.

Lívida, trêmula, ela murmurou:

– No escritório dele.

– Leve-nos até lá.

Colocou a mão na boca de Victoire para que ela não pudesse avisar seu patrão, e a obrigaram a andar por todo o longo corredor, no fim do qual ela indicou um sala.

O adversário não teve tempo de se defender. Foi agarrado, derrubado, amarrado e remetido assim como uma encomenda postal. Marescal lhe disse simplesmente:

– Você é o chefe dos bandidos do expresso. Seu nome, Raoul de Limézy.

E, dirigindo-se a seus homens:

---

[4] O transporte pneumático era uma rede de tubos por onde recipientes cilíndricos (cápsulas) eram impulsionados por ar comprimido ou vácuo. Levava cartas e pequenos objetos urgentes, por distâncias relativamente curtas, entre meados do século XIX e meados do século XX. (N.T.)

– Para a Detenção. Aqui está o mandado. E discrição, hein? Nenhuma palavra sobre a personalidade do "cliente". Tony, você responde por ele, ouviu? Você também, Labonce. Levem-no. Encontro às três horas na frente da casa de Brégeac. Será a vez da senhorita, e a execução do padrasto.

Quatro homens levaram o cliente. Marescal reteve o quinto, Sauvinoux.

Imediatamente revistou o escritório e se apossou de alguns documentos e de objetos insignificantes. Mas nem ele nem seu assistente Sauvinoux encontraram aquilo que procuravam, a garrafa em que quinze dias antes, na calçada, Marescal tivera tempo de ler: "Água de Juventa".

Foram almoçar em um restaurante vizinho. Depois voltaram. Marescal se empenhava.

Enfim, às duas horas e quinze, Sauvinoux descobriu, debaixo do mármore de uma lareira, a famosa garrafa. Estava munida de rolha e rigorosamente lacrada com cera vermelha.

Marescal sacudiu-a e a colocou contra a luz de uma lâmpada elétrica; ela continha um fino rolo de papel.

Hesitou. Seria esse o papel?

– Não... Não... ainda não...! Na frente de Brégeac...! Bravo, Sauvinoux, trabalhou bem, meu rapaz.

Transbordava de alegria, e partiu murmurando:

– Desta vez estamos perto do objetivo. Estou com Brégeac em minhas mãos, e só preciso apertá-lo. Quanto à menina, não há mais ninguém para defendê-la. A nós dois, minha cara!

IRMÃ ANNE, VÊ ALGUMA COISA VINDO?[5]

Por volta das duas horas desse mesmo dia, "a menina", como dizia Marescal, vestia-se. Um velho criado, chamado Velentin, que era agora o único empregado da casa, havia lhe servido uma refeição em seu quarto e tinha avisado que Brégeac desejava lhe falar.

Ela se restabelecia de sua doença. Pálida, muito magra, esforçava-se para permanecer ereta e de cabeça erguida para aparecer diante do homem que detestava. Pintou de vermelho os lábios, passou ruge nas faces e desceu.

Brégeac a esperava no primeiro andar, em seu gabinete de trabalho, uma grande sala de venezianas fechadas e iluminada por uma luminária.

– Sente-se – disse ele.

– Não.

– Sente-se. Você está cansada.

---

[5] Alusão à esperança de salvação, encontrada já na *Eneida*, de Virgílio (70 a.C.-19 a.C.), em que Dido, rainha de Cartago, presa no alto de uma torre, pergunta à irmã Ana se ela vê algum cavaleiro vindo salvá-la. Também ocorre em Ovídio (43. a.C.- 18 d.C.), em Charles Perrault (1628-1703), e é o nome de uma famosa música cantada por Edith Piaf (1953). (N.T.)

– Diga-me logo o que tem para me dizer, a fim de que eu possa voltar ao meu quarto.

Brégeac caminhou alguns instantes pela sala. Seu rosto se mostrava agitado e preocupado. Furtivamente, observava Aurélie com hostilidade e paixão, como um homem que se choca contra uma vontade indomável. Sentia pena dela também.

Aproximou-se dela e, colocando a mão em seu ombro, obrigou-a a se sentar.

– Você tem razão – disse ele –, não será longo. O que tenho para lhe comunicar pode ser dito em poucas palavras. Em seguida, você decidirá.

Estavam próximos, e no entanto mais distantes do que dois adversários, sentiu Brégeac. Todas as palavras que ele diria só fariam aumentar o abismo entre eles. Cerrou os punhos e articulou:

– Então você ainda não compreendeu que estamos cercados de inimigos e que essa situação não pode continuar?

Ela disse entre dentes:

– Que inimigos?

– Ei! – disse ele. – Você bem sabe: Marescal... Marescal, que detesta você e que quer se vingar.

E em voz baixa, seriamente, explicou:

– Escute, Aurélie, estamos sendo vigiados já há algum tempo. No ministério, revistam minhas gavetas. Superiores e inferiores, todos estão unidos contra mim. Por quê? Porque estão todos mais ou menos a soldo de Marescal, e porque todos eles sabem que ele é poderoso junto ao ministro. Ora, você e eu estamos ambos ligados, nem que seja pelo ódio. E também estamos ligados pelo nosso passado, que é o mesmo, quer você queira ou não. Eu eduquei você. Sou seu tutor. Minha ruína é a sua. E me pergunto mesmo se não é você que querem atingir, por motivos que ignoro. Sim, tenho a impressão, por certos sintomas, de que a rigor me deixariam tranquilo, mas você é que está diretamente ameaçada.

Ela pareceu desfalecer.

– Que sintomas?

Ele respondeu:

– É pior que isso. Recebi uma carta anônima em papel do ministério… uma carta absurda, incoerente, em que sou alertado de que vão começar com perseguições a você.

Ela teve energia para dizer:

– Perseguições? O senhor está louco! E por que uma carta anônima…?

– Sim, eu sei – retrucou ele. – Algum subalterno que tenha ouvido um desses boatos estúpidos… Mas, de qualquer modo, Marescal é capaz de todas as maquinações.

– Se o senhor tem medo, vá embora.

– É por você que tenho medo, Aurélie.

– Não tenho nada a temer.

– Sim. Esse homem jurou acabar com você.

– Então, deixe-me ir embora.

– Mas você já tem força suficiente?

– Terei toda a força de que precisar para deixar esta prisão onde o senhor me mantém e para não o ver mais.

Ele fez um gesto de desânimo.

– Cale-se… Eu não poderia viver… Sofri demais durante a sua ausência. Prefiro tudo, qualquer coisa, a ter que ficar separado de você. Minha vida inteira depende de seu olhar, de sua vida…

Ela se ergueu e, com indignação, toda trêmula:

– Proíbo o senhor de me falar assim. O senhor me jurou que eu não ouviria mais nenhuma palavra desse tipo, uma dessas palavras abomináveis…

Enquanto a jovem caía sentada, esgotada, ele se afastava dela e se jogava em uma poltrona, a cabeça entre as mãos, os ombros sacudidos por soluços, como um homem vencido, para quem a existência é um fardo intolerável.

Após um longo silêncio, ele continuou, em um tom mais baixo:

– Somos mais inimigos agora do que antes de sua viagem. Você voltou muito diferente. O que foi então que você fez, Aurélie, não no Sainte-Marie, mas durante as três primeiras semanas, em que eu procurava você como um louco, sem pensar no convento? Esse miserável do Guillaume, você não o ama, disso eu sei... No entanto, você o seguiu. Por quê? E o que aconteceu com vocês dois? O que aconteceu com ele? Tenho a intuição de acontecimentos muito graves, que ocorreram... Percebe-se que você está inquieta. Em seu delírio, você falava como alguém que foge sem parar, e via sangue, cadáveres...

Ela ficou arrepiada.

– Não, não, não é verdade... O senhor entendeu mal.

– Não entendi mal – disse ele, abanando a cabeça. – Olhe só, neste momento mesmo, seus olhos estão assustados... Até parece que seu pesadelo continua...

Ele se aproximou e, lentamente:

– Está precisando de muito repouso, minha menina. É isso o que venho propor a você. Esta manhã, pedi uma licença, e podemos ir embora. Juro que não lhe direi nem uma só palavra que possa ofender você. E, ainda mais, não falarei do segredo que você devia ter me confiado, já que me pertence tanto quanto a você. Não tentarei ler no fundo de seus olhos onde ele está escondido, como tantas vezes tentei, pela força, reconheço, decifrar o impenetrável enigma. Vou deixar seus olhos tranquilos, Aurélie. Não olharei mais para você. Minha promessa é formal. Mas venha, minha menina. Você está me dando pena. Está sofrendo. Está esperando não sei o quê, e só a infelicidade pode responder ao seu apelo. Venha.

Ela mantinha o silêncio com uma obstinação selvagem. Entre os dois havia um irremediável desacordo, a impossibilidade de articular uma palavra que não fosse de mágoa e indignação. A odiosa paixão de Brégeac os separava mais do que tantas coisas passadas, e tantas razões profundas que sempre os tinham feito chocar-se um contra o outro.

– Responda – disse ele.

Ela declarou firmemente:

– Eu não quero. Não posso mais suportar sua presença. Não posso mais viver na mesma casa que o senhor. Na primeira ocasião, partirei.

– E, sem dúvida, não sozinha – riu ele –, assim como da primeira vez... Guillaume, não é?

– Mandei Guillaume embora.

– Outro então. Outro que você está esperando, estou convencido. Seus olhos não param de procurar... seus ouvidos, de escutar... Assim, neste momento...

A porta do vestíbulo se abriu e se fechou novamente.

– O que é que eu dizia? – exclamou Brégeac, com um riso maldoso. – Dir-se-ia mesmo que você espera... e que alguém virá. Não, Aurélie, ninguém virá, nem Guillaume, nem nenhum outro. É Valentin, que eu tinha enviado ao ministério para pegar minha correspondência. Porque não irei lá por enquanto.

Os passos do criado subiram os degraus do primeiro andar e atravessaram a antecâmara. Ele entrou.

– Fez o que recomendei, Valentin?

– Sim, senhor.

– Havia cartas, documentos para assinar?

– Não, senhor.

– Espere aí, é engraçado. Mas e a correspondência...?

– A correspondência tinha acabado de ser entregue ao sr. Marescal.

– Mas com que direito Marescal se atreveu...? Ele estava lá, Marescal?

– Não, senhor. Tinha vindo e saiu logo.

– Saiu...? Às duas e meia! Assunto de trabalho, então?

– Sim, senhor.

– Procurou saber?

– Sim, mas ninguém sabia na repartição.

– Ele estava só?

– Não, com Labonce, Tony e Sauvinoux.

– Com Labonce e Tony! – exclamou Brégeac. – Mas, nesse casso, trata-se de uma detenção! Como não fui avisado? O que está acontecendo, então?

Valentin se retirou. Brégeac começava outra vez a caminhar e repetia pensativamente;

– Tony, a alma danada de Marescal… Labonce, um de seus favoritos… E tudo isso à minha revelia…

Cinco minutos se passaram. Aurélie o olhava ansiosamente. Subitamente, ele foi até uma das janelas e entreabriu um dos postigos. Um grito escapou de sua boca, e ele voltou balbuciando:

– Eles estão ali no fim da rua… de tocaia.

– Quem?

– Os dois… Os assistentes de Marescal. Tony e Labonce.

– E então? – murmurou ela.

– Então, são esses dois que ele emprega sempre nos casos graves. Nesta manhã ainda, foi com eles que ele trabalhou no bairro.

– Estão lá? – perguntou Aurélie.

– Estão lá. Eu os vi.

– E Marescal virá?

– Sem dúvida alguma. Você ouviu o que Valentin disse.

– Ele virá… ele virá – balbuciou ela.

– O que é que você tem? – perguntou Brégeac, espantado com a comoção dela.

– Nada – disse ela, dominando-se. – Contra a nossa vontade, nos apavoramos, mas não sem alguma razão.

Brégeac refletiu. Também ele procurava dominar seus nervos e repetia:

– Nenhuma razão, na verdade. A gente se afoba, na maioria das vezes, por motivos pueris. Vou interrogá-los, e estou certo de que tudo vai se explicar. Sim, absolutamente certo. Porque, afinal, os acontecimentos levam mais a crer que não somos nós, mas a casa em frente que está sob vigilância.

Aurélie levantou a cabeça.

– Que casa?

– O caso de que lhe falei... indivíduo que prenderam ontem ao meio-dia. Ah, se você visse Marescal quando ele deixou o escritório, às onze horas! Eu o encontrei. Ele tinha uma expressão de contentamento e de ódio feroz... Foi isso que me perturbou. Não se pode sentir um ódio como aquele senão contra uma pessoa na vida. E é a mim que ele odeia assim, ou melhor, a nós dois. Então pensei que a ameaça era em relação a nós.

Aurélie se ergueu, ainda mais pálida.

– O que o senhor disse? Uma detenção aí em frente?

– Sim, um certo Limézy, que se diz explorador... um certo barão de Limézy. À uma hora tive notícias no ministério. Acabava de ser preso na Detenção.

Ela ignorava o nome de Raoul, mas não duvidava de que se tratasse dele, e perguntou, com a voz trêmula:

– O que ele fez? Quem é esse Limézy?

– Segundo Marescal, seria o assassino do expresso, o terceiro cúmplice que estava sendo procurado.

Aurélie se sentiu prestes a cair. Tinha um ar de demência e de vertigem e tateava no vazio para encontrar um ponto de apoio.

– O que está acontecendo, Aurélie? Que relação esse caso...?

– Estamos perdidos – gemeu ela.

– O que você quer dizer?

– O senhor não pode compreender...

– Então explique-se. Você conhece o homem?

– Sim... sim... ele me salvou, ele me salvou de Marescal, e de Guillaume também, e desse Jodot que o senhor recebeu aqui... Ele ainda iria nos salvar hoje.

Ele a observava estupefato.

– Era ele que você esperava?

– Sim – disse ela, distraidamente. – Ele me havia prometido que estaria ali... Eu estava tranquila... Eu o vi fazer cada coisa... zombar de Marescal...

– E então...? – perguntou Brégeac.

– Então – respondeu ela, no mesmo tom alucinado –, seria melhor que nós nos colocássemos a salvo... O senhor e eu... Há certas histórias que poderiam interpretar contra o senhor... histórias antigas...

– Você está louca! – disse Brégeac, transtornado. – Não houve nada... De minha parte, não tenho receio de nada.

Apesar de suas negativas, ele saiu da sala e puxou a garota até o patamar. Foi ela que, no último momento, resistiu.

– E depois, não, para quê? Seremos salvos... Ele virá... Ele vai fugir... Por que não o aguardar?

– Não dá para fugir da Detenção.

– Acha? Ah, meu Deus, que horror que é isso tudo!

Ela não sabia o que resolver. Ideias terríveis turbilhonavam em seu cérebro de convalescente... o medo de Marescal... e depois a prisão iminente... a polícia que se precipitaria e lhe torceria os pulsos.

O pavor de seu padrasto a fez decidir-se. Arrebatada como que por uma rajada de tempestade, correu até seu quarto e reapareceu logo depois com uma bolsa de viagem na mão. Brégeac também tinha se preparado. Tinham o ar de dois criminosos que não podem esperar nada mais do que um fuga desabalada. Desceram a escada, atravessaram o vestíbulo.

Nesse exato instante, tocaram a campainha.

– Tarde demais – sussurrou Brégeac.

– Não, absolutamente – disse ela, animada de esperança. – Talvez seja ele que chegou e que vai...

Pensava em seu amigo do terraço, no convento. Ele havia jurado nunca abandoná-la e que, no último minuto que fosse, saberia salvá-la. Será que existiam obstáculos para ele? Não era ele o senhor dos acontecimentos e das pessoas?

Tocaram de novo.

O velho criado saiu da sala de jantar.

– Abra – disse-lhe Brégeac, em voz baixa.

Percebiam-se do outro lado sussurros e ruídos de botas. Alguém bateu.

– Abra, então – repetiu Brégeac.

O criado obedeceu.

Fora, Marescal se apresentou, acompanhado de três homens, daqueles cuja aparência especial a garota conhecia bem. Encostou-se no corrimão da escada, gemendo, tão baixo que só Brégeac o ouviu:

– Ah, meu Deus, não é ele!

Frente a frente com seu subalterno, Brégeac se empertigou.

– O que o senhor deseja? Eu o havia proibido de vir aqui.

Marescal respondeu sorrindo:

– Assuntos de serviço, senhor diretor. Ordem do ministro.

– Ordem que tem a ver comigo?

– Com o senhor e também com a senhorita.

– E o que o obriga e requerer a assistência de três desses homens?

Marescal começou a rir:

– Bem, foi o acaso... Eles estavam passando por aqui... e conversamos... Mas, se isso o deixa contrariado...

Entrou e viu as duas maletas.

– Eh, eh! Uma viagenzinha... Um minuto mais... e minha missão falharia.

– Senhor Marescal – disse Brégeac firmemente –, se tem uma missão a cumprir, uma comunicação a me fazer, acabemos com isso já, aqui mesmo.

O comissário se inclinou e, duramente:

– Sem escândalo, Brégeac, sem bobagens. Ninguém sabe nada ainda, nem mesmo meus homens. Vamos nos explicar em seu gabinete.

– Ninguém sabe nada… de quê, senhor?

– Do que se passa, que é de certa gravidade. Se sua enteada não lhe falou, talvez reconheça que é preferível uma explicação, sem testemunhas. Está de acordo, senhorita?

Branca como uma morta, sem deixar o corrimão, Aurélie parecia prestes a desmaiar.

Brégeac a segurou e afirmou:

– Vamos subir.

Ela se deixou conduzir. Marescal esperou algum tempo para fazer seus homens entrar.

– Não saiam do vestíbulo, os três, e que ninguém entre nem saia, hein! Você, criado, tranque-se em sua cozinha. Se houver encrenca lá em cima, soprarei o apito, e Sauvinoux virá em meu auxílio. Combinado?

– Combinado – respondeu Labonce.

– Sem erro, hein?

– Sim, chefe. O senhor sabe muito bem que não somos colegiais e que todos o seguimos como um único homem.

– Mesmo contra Brégeac?

– Ora!

– Ah! A garrafa… Dê-me, Tony!

Segurou a garrafa, ou melhor, o papelão que a continha, e rapidamente, tomadas todas as disposições, subiu os degraus e entrou como dono no gabinete de trabalho de onde havia sido expulso indignamente não havia seis meses. Que vitória para ele! E com que insolência a fez sentir, andando de um jeito lento, batendo sonoramente os saltos das botas e contemplando um a um os retratos pendurados na parede, que representavam Aurélie, Aurélie criança, menina, moça…

Brégeac bem que tentava protestar. Logo Marescal o colocou em seu lugar.

ARSÈNE LUPIN E A GAROTA DE OLHOS VERDES

– Inútil, Brégeac. Seu ponto fraco, sabe, é que não conhece as armas que tenho contra a senhorita e, por consequência, contra o senhor. Quando as conhecer, talvez perceba que seu dever é se render.

Um de frente para o outro, os dois inimigos, de pé, olhavam-se ameaçadoramente. O ódio deles era igual, feito de ambições opostas, de instintos contrários, e sobretudo de uma rivalidade de paixão que os fatos exasperavam. Perto deles, Aurélie esperava tensa em uma cadeira.

Coisa curiosa, e que impressionou Marescal, ela parecia ter se dominado. Sempre cansada, a fisionomia contraída, não tinha mais, contudo, como no início da investida, aquele ar de presa impotente e acuada. Mantinha aquela atitude rígida que ele vira no banco do Sainte-Marie. Seus olhos, bem abertos, úmidos de lágrimas que escorriam pelas faces pálidas, estavam fixos. Em que estaria pensando? Às vezes, no fundo do abismo nos reerguemos. Acreditaria que Marescal poderia ter alguma piedade? Teria um plano de defesa que lhe permitiria escapar à justiça e ao castigo?

O comissário deu um murro na mesa.

– Logo vamos ver!

E, deixando de lado a garota, perto de Brégeac, tão perto que o outro teve que recuar um passo, ele lhe disse:

– Será rápido. Fatos, somente fatos, alguns que são do seu conhecimento, Brégeac, como são de todos, mas a maioria não tem outra testemunha a não ser eu ou não foram constatados senão por mim. Não tente negá-los; vou lhe dizer tal como se passaram, em sua simplicidade. Aqui vão eles, como um relatório. Portanto, em 26 de abril último...

Brégeac estremeceu.

– O dia 26 de abril foi o do nosso encontro no Boulevard Haussmann.

– Sim, o dia em que sua enteada deixou sua casa.

E Marescal acrescentou claramente:

– E foi também o dia em que três pessoas foram mortas no expresso de Marselha.

– Quê? Que relação tem isso? – perguntou Brégeac, atônito.

O comissário lhe fez sinal para ter paciência. Todas as coisas seriam enunciadas na sua vez, na ordem cronológica, e continuou:

– Portanto, em 26 de abril, o vagão número 5 desse expresso só estava ocupado por quatro pessoas. Na primeira cabine, uma inglesa, a srta. Bakefield, ladra, e o barão de Limézy, que se dizia explorador. Na cabine da ponta, dois homens, os irmãos Loubeaux, residentes em Neuilly-sur-Seine.

"O vagão seguinte, o número 4, além de várias pessoas que não desempenharam papel algum, e que não se deram conta de nada, levava primeiro um comissário de pesquisas internacionais e também um rapaz e uma moça, sozinhos em uma cabine onde tinham acendido a luz e baixado a cortina para velar a lâmpada, como passageiros que fossem dormir, e que assim ninguém pôde notar, nem mesmo o comissário. O comissário era eu, que seguia a srta. Bakefield. O jovem era Guillaume Ancivel, agente da Bolsa e ladrão, assíduo desta casa, e que partia furtivamente com sua companheira."

– Está mentindo! Mentindo! – gritou Brégeac, com indignação. – Aurélie está acima de qualquer suspeita.

– Eu não lhe disse que essa companheira era a senhorita – respondeu Marescal.

E Marescal continuou friamente:

– Até Laroche, nada. Meia hora mais… ainda nada. Depois, o drama violento, brusco. O rapaz e a moça saem da sombra e passam do vagão 4 para o vagão 5. Estão disfarçados. Longas túnicas cinzentas, bonés e máscaras. Nesse momento, no fim do vagão 5, o barão de Limézy os espera. Os três juntos matam e roubam a srta. Bakefield. Em seguida, o barão se faz amarrar por seus cúmplices, os quais correm à frente, matam

ARSÈNE LUPIN E A GAROTA DE OLHOS VERDES

e saqueiam os dois irmãos. Na vota, encontram o fiscal, Bataille. Fogem, enquanto o empregado da estrada de ferro encontra o barão de Limézy amarrado com uma vítima e dizendo-se também assaltado. Esse foi o primeiro ato. O segundo é a fuga pelos aterros e bosques. Mas o alarme é dado. Eu me informo. Tomo rapidamente as medidas necessárias. Resultado: os dois fugitivos estão cercados. Um deles escapa. O outro é agarrado e trancado. Sou avisado. Vou ao encontro dele, no escuro, onde ele estava disfarçado. É uma mulher.

Brégeac tinha recuado mais e mais e vacilava como um bêbado. Encurralado no encosto de sua poltrona, balbuciava:

– O senhor está louco...! Está dizendo coisas incoerentes...! Está louco...!

Marescal continuou, inflexível:

– Vou terminar. Graças ao pseudobarão, do qual não desconfiei, confesso meu erro, a prisioneira se salva e se junta a Guillaume Ancivel. Descubro seu rastro em Monte Carlo. Depois, acabo perdendo tempo. Procuro em vão... até o dia em que tenho a ideia de voltar a Paris e ver se suas investigações, Brégeac, tinham sido felizes e se você tinha descoberto o esconderijo de sua enteada. Foi assim que eu pude chegar algumas horas antes de você ao Convento de Sainte-Marie e alcançar certo terraço onde a senhorita se deixava cortejar. Apenas o namorado tinha mudado; em lugar de Guillaume Ancivel, era o barão de Limézy, ou seja, o terceiro cúmplice.

Brégeac ouvia com assombro aquelas monstruosas acusações. Tudo aquilo devia parecer-lhe tão implacavelmente verdadeiro, explicava tão logicamente suas próprias intuições e correspondia tão rigorosamente às meias confidências que Aurélie acabava de lhe fazer a propósito do salvador desconhecido, que ele nem tentou protestar.

De tempos em tempos, observava a jovem, que permanecia imóvel e muda em sua rígida postura. As palavras não pareciam atingi-la. Mais que as palavras, dir-se-ia que ela ouvia os ruídos de fora. Será que ainda esperava uma impossível intervenção?

– E então? – disse Brégeac.

– Então – replicou o comissário –, graças a ele, ela conseguiu mais uma vez escapar. E confesso que hoje eu acho graça nisso, porque...

Baixou o tom.

– Porque tenho minha vingança... e que vingança, Brégeac! Hein, está se lembrando...? Faz seis meses...? fui expulso como um lacaio... com um pontapé, pode-se dizer... E depois... depois... eu a tenho... tenho a menina... E acabou.

Ele deu uma volta com a mão como para fechar à chave uma fechadura, e o gesto era tão preciso, indicava tão claramente sua terrível vontade em relação a Aurélie, que Brégeac exclamou:

– Não, não, não é verdade, Marescal...? Não é? Você não vai entregar essa criança...?

– Lá em Sainte-Marie – disse Marescal duramente – eu lhe fiz uma oferta de paz, ela recusou... Tanto pior para ela! Hoje é tarde demais.

E, como Brégeac se aproximava e lhe estendia as mãos em ar de súplica, o comissário logo cortou seus pedidos.

– Inútil! Tanto pior para ela! Tanto pior para o senhor...! Ela não me quis... não terá ninguém. É a justiça. Pagar suas dívidas pelos crimes cometidos é pagá-las a mim pelo mal que me fez. É preciso que ela seja castigada, e me vingo castigando-a. Tanto pior para ela!

Batia com o pé no chão, escandindo suas imprecações com murros na mesa. Obedecendo à sua natureza grosseira, maquinava injúrias endereçadas a Aurélie.

– Olhe para ela, no entanto, Brégeac! Será que ela pensa em me pedir perdão? Se você curva a cabeça, ela se humilha? E você sabe o motivo desse mutismo, dessa energia contida e intratável? Porque ela ainda espera, Brégeac! Sim, ela espera, tenho toda a convicção. Aquele que a salvou três vezes de minhas garras a salvará uma quarta vez.

Aurélie não se movia.

O policial agarrou brutalmente o bocal do telefone e pediu a chefatura de polícia.

– Alô, chefatura? Coloque-me em comunicação com o sr. Philippe, da parte do sr. Marescal.

Virando-se, então, para a jovem, ele colocou em sua orelha o receptor livre.

Aurélie não se mexeu.

Na extremidade da linha, uma voz replicou. O diálogo foi breve.

– É você, Philippe?

– Marescal?

– Sim. Escute. Ao meu lado está uma pessoa a quem quero dar uma certeza. Responda francamente à minha pergunta.

– Diga.

– Onde você estava nesta manhã, ao meio-dia?

– Na Detenção, como você tinha me pedido. Recebi o indivíduo que Labonce e Tony levaram de sua parte.

– Onde nós o apanhamos?

– No apartamento em que ele mora, na Rue de Courcelles, em frente ao de Brégeac.

– Foi preso?

– Na minha frente.

– Com que nome?

– Barão de Limézy.

– Acusado de quê?

– De ser o chefe dos bandidos no caso do expresso.

– Tornou a vê-lo nesta manhã?

– Sim, agora mesmo, no serviço antropométrico. Ainda está lá.

– Obrigado, Philippe. É o que eu queria saber. Até logo.

Desligou o aparelho e exclamou:

– E aí, hein, minha bela Aurélie? Veja onde está seu salvador! Trancado. Encarcerado!

Ela declarou:

– Eu sabia.

Ele desatou a rir.

– Ela sabia! E ela espera, ainda assim! Ah, que engraçado! Ele está com toda a polícia e toda a justiça em cima dele! Está um caco, um farrapo, um fiapo de palha, uma bolha de sabão, e ela espera! As paredes da prisão vão desmoronar! Os guardas vão lhe chamar um carro! Olhe aí! Ela vai entrar pela chaminé, pelo teto!

Estava fora de si e sacudia brutalmente pelos ombros a garota, impassível e abstraída.

– Nada a fazer, Aurélie! Não há mais esperança! O salvador está liquidado. Está encafuado o barão. E, dentro de uma hora, será sua vez, minha linda! Os cabelos cortados! Saint-Lazare! O tribunal! Ah, miserável! Chorei bastante por seus belos olhos verdes, e é por eles…

Não terminou. Por trás dele, Brégeac se erguera e o tinha agarrado pelo pescoço com suas duas mãos febris. Esse ato havia sido espontâneo. Desde o primeiro segundo em que Marescal tocara os ombros da jovem, ele deslizara em sua direção, revoltado por tal ultraje. Marescal cedeu sob aquele ímpeto, e os dois homens rolaram pelo soalho.

A luta foi encarniçada. Um e outro empregavam uma raiva que sua rancorosa rivalidade exacerbava, Marescal mais vigoroso e mais forte, mas Brégeac arrebatado por tal furor que o desenlace permaneceu por um bom tempo incerto.

Aurélie os olhava com horror, mas não se mexia. Os dois eram seus inimigos, os dois igualmente execráveis.

Por fim, Marescal, que se desvencilhara daquele agarrão e afastara as mãos assassinas, procurava visivelmente alcançar o bolso e sacar seu Browning. Mas o outro lhe torcia o braço, e ele só conseguiu alcançar o apito, que estava pendurado na corrente de seu relógio. Um sopro estridente se fez ouvir. Brégeac redobrou os esforços para agarrar de novo seu adversário pela garganta. A porta se abriu. Uma silhueta pulou para dentro do aposento e se precipitou sobre os adversários. Quase imediatamente, Marescal se livrou, e Brégeac percebeu, a dez centímetros de seus olhos, o cano de um revólver.

– Bravo, Sauvinoux! – exclamou Marescal. – O incidente será creditado na sua conta, meu amigo.

Sua cólera era tão forte que teve a covardia de cuspir no rosto de Brégeac.

– Miserável! Bandido! Imagina que ficará quite por tão pouco? Sua demissão primeiro, e em seguida... O ministro exige... Tenho-a no bolso. É só você assinar.

E mostrou um papel.

– Sua demissão e a confissão de Aurélie, já redigidas por mim... Sua assinatura, Aurélie... Tome, leia: "Confesso que participei do crime do expresso, em 26 de abril último, que atirei nos irmãos Loubeaux... confesso que...". Enfim, toda a sua história resumida... Não vale a pena ler... Assine...! Não vamos perder tempo!

Havia molhado a caneta na tinta e se obstinava em enfiá-la à força entre os dedos da garota.

Lentamente, ela empurrou a mão do comissário, pegou a caneta e assinou, segundo a vontade de Marescal, sem se dar ao trabalho de ler.

– Ah! – disse ele com um suspiro de satisfação. – Está feito! Eu não acreditava que fosse assim tão rápido. Uma vantagem a seu favor, Aurélie. Compreendeu a situação. E você, Brégeac?

Este balançou a cabeça. Recusava-se.

– Hein! O quê? O senhor se recusa? Está imaginando que vai continuar em seu posto? Uma promoção, talvez? Uma promoção como padrasto de uma criminosa? Ah, essa é boa! E você continuaria a me dar ordens, a mim, Marescal? Não, mas você é uma comédia, camarada. Acredita, então, que o escândalo não seria suficiente para fazê-lo desmoronar e que amanhã, quando lermos nos jornais a detenção da garota, você não será obrigado...

Os dedos de Brégeac se fecharam sobre a caneta que o outro lhe estendia. Ele leu a carta de demissão, hesitou.

Aurélie lhe disse:

– Assine, senhor.

Ele assinou.

– Aí está – disse Marescal, pondo no bolso os dois documentos. – A confissão e a demissão. Meu superior caído, o que me deixa um lugar livre, como me foi prometido! E a garota na prisão, o que me curará pouco a pouco do amor que me corroía.

Disse isso cinicamente, mostrando o fundo de sua alma, e acrescentou com um riso cruel:

– E ainda não é tudo, Brégeac, porque não abandonarei minha campanha, irei até o fim.

Brégeac sorriu amargamente.

– Quer ir ainda mais longe? Vai servir para alguma coisa?

– Mais longe, Brégeac. Os crimes da garota, perfeito. Mas devemos nos deter aí?

Mergulhava seus olhos nos de Brégeac, que murmurou:

– O que quer dizer?

– Você sabe o que eu quero dizer e, se não soubesse, se não fosse verdade, não teria assinado e não admitiria que eu falasse neste tom. Sua resignação é uma confissão... E, se posso tratá-lo por "você", Brégeac, é porque tem medo.

O outro protestou:

– Não tenho medo de nada. Suportarei o peso daquilo que essa infeliz cometeu em um momento de loucura.

ARSÈNE LUPIN E A GAROTA DE OLHOS VERDES

– E o peso do que você fez, Brégeac.

– Fora isso, não há coisa alguma.

– Fora isso – continuou Marescal, em tom baixo –, há o passado. Sobre o crime de hoje, não há mais o que conversar. Mas e o de antigamente, Brégeac?

– O de antigamente? Que crime? O que significa...?

Marescal bateu o punho, seu argumento supremo e que sempre sublinhava uma explosão de cólera.

– Explicações? Eu é que as reclamo. Hein? O que significa certa expedição às margens do Sena, recentemente, domingo de manhã...? E sua sentinela na frente da *villa* abandonada...? E a perseguição do homem do saco no ombro? Hein? Devo refrescar-lhe a memória e lhe lembrar que essa *villa* era aquela dos irmãos que sua enteada eliminou e que aquele indivíduo se chama Jodot, a quem estou procurando atualmente? Jodot, o sócio dos dois irmãos... Jodot, que encontrei há algum tempo naquela casa... Hein? Como tudo se encaixa... e como se entrevê a relação entre todas essas maquinações...!

Brégeac ergueu os ombros e murmurou:

– Absurdos... Hipóteses imbecis...

– Hipóteses, sim, impressões com as quais eu não me preocupava antigamente, quando vinha aqui e quando farejei, como um bom cão de caça, tudo quanto havia de embaraçoso, de reticente, de apreensão confusa em seus atos e em suas palavras... E que vamos transformar em certezas, Brégeac... Sim, você e eu... e que lhe seja possível se esquivar... uma prova irrecusável, uma confissão, Brégeac, que você vai fazer contra a sua vontade... aqui... agora...

Apanhou o embrulho de papelão que trouxera, colocou-o sobre a lareira e o desamarrou. Continha uma dessas luvas de palha que servem para proteger as garrafas. E uma garrafa, que Marescal tirou e colocou de pé diante de Brégeac.

– Aí está, camarada. Você a reconhece, não? É a que você roubou do sr. Jodot, e que eu tomei de você, e que outro me surrupiou em sua presença. Que outro? Muito simplesmente o barão de Limézy, na casa de quem eu a encontrei há pouco. Hein? Compreende minha alegria? Um verdadeiro tesouro essa garrafa. Aí está ela, Brégeac, com seu rótulo e a fórmula de uma água qualquer... a Água de Juventa. Aí está, Brégeac! Limézy colocou um rolha nela e lacrou com cera vermelha. Olhe bem... vê-se um rolo de papel no seu interior. Era certamente isso que você queria retomar de Jodot, alguma confissão, sem dúvida... uma peça comprometedora, com sua letra... Ah, meu pobre Brégeac...!

Ele triunfava. Ao mesmo tempo que tirava a cera e destampava a garrafa, lançava ao acaso palavras e interjeições:

– Marescal célebre no mundo inteiro...! Prisão dos assassinos do expresso...! O passado de Brégeac...! Quantos lances teatrais no inquérito e no júri...! Sauvinoux, está com as algemas para a garota? Chame Labonce e Tony... Ah, a vitória...! A vitória completa...

Virou a garrafa. O papel saiu. Ele o desdobrou. E, impelido por suas frases fogosas como um corredor a quem o próprio impulso o precipita além da linha de chegada, leu, sem pensar em princípio no significado do que dizia:

– Marescal é uma besta.

PALAVRAS QUE VALEM POR ATOS

Fez-se um silêncio de estupor pelo qual se prolongava a frase inconcebível. Marescal estava aturdido, como um boxeador que vai desabar após receber um golpe na boca do estômago. Brégeac, sempre ameaçado pelo revólver de Sauvinoux, também parecia desconcertado.

E de repente explodiu um riso nervoso, involuntário, mas que de todo modo soava alegremente na atmosfera pesada do aposento. Era Aurélie, a quem a fisionomia desconsolada do comissário lançara nesse acesso de riso verdadeiramente intempestivo. O fato, sobretudo, de a frase cômica haver sido pronunciada em voz alta por aquele mesmo que era seu ridículo objeto arrancava-lhe lágrimas dos olhos: "Marescal é uma besta!".

Marescal a considerou sem dissimular sua inquietação. Como podia acontecer que a jovem tivesse tal crise de alegria ante a terrível situação em que se encontrava diante dele, abalada como ela se encontrava sob as garras do adversário?

"A situação não é mais a mesma?", devia ele se perguntar. "O que é que se alterou?"

E provavelmente ele fazia um paralelo entre esse riso inopinado e a atitude estranhamente calma da garota após o início do combate. O que esperava ela, então? Seria possível que, em meio aos acontecimentos que deveriam deixá-la prostrada de joelhos, ela conservasse um ponto de apoio cuja solidez lhe parecesse inabalável?

Tudo aquilo se apresentava, na verdade, sob um aspecto desagradável e deixava entrever uma cilada habilmente preparada. Havia perigo naquela casa. Mas de que lado vinha a ameaça? Como admitir então que um ataque pudesse produzir-se quando ele não negligenciara nenhuma medida de precaução?

– Se Brégeac se mexer, tanto pior para ele… uma bala entre os olhos – ordenou ele a Sauvinoux.

Foi até a porta e a abriu.

– Nada de novo lá embaixo?

– Chefe?

Marescal se inclinou sobre o corrimão da escada.

– Tony…? Labonce…? Ninguém entrou?

– Não… não…

Cada vez mais desamparado, retornou rapidamente para o gabinete de trabalho. Brégeac, Sauvinoux e a garota não haviam se mexido. Apenas… apenas se produziu uma coisa inaudita, inacreditável, inimaginável, fantástica, que o deixou paralisado, imobilizando-o no batente da porta. Sauvinoux tinha entre os lábios um cigarro não acesso e o contemplava como alguém que pedisse fogo.

Visão de pesadelo, em tão violenta oposição à realidade que Marescal em princípio recusou atribuir-lhe o sentido que ela comportava. Sauvinoux, por uma aberração pela qual seria punido, queria fumar e pedia fogo, eis tudo. Por que procurar mais longe? Pouco a pouco, o rosto de Sauvinoux se iluminou com um sorriso zombeteiro em que havia tanta malícia e bonomia impertinente que Marescal tentou em vão se iludir. Sauvinoux, o subalterno Sauvinoux, tornava-se insensivelmente, em sua mente, um novo ser que não era mais um agente, e que, ao contrário, passava para o campo adversário. Sauvinoux era...

Nas circunstâncias comuns de sua profissão, Marescal teria se debatido mais ante o surgimento de um fato tão monstruoso. Mas os acontecimentos mais fantasmagóricos lhe pareciam naturais quando se tratava daquele que ele chamava de o homem do expresso. Ainda que Marescal não quisesse pronunciar, nem mesmo em seu íntimo, a palavra de irremediável confissão e de se submeter a uma realidade verdadeiramente odiosa, como se esquivar à evidência? Como não perceber que Sauvinoux, agente notável que o ministro lhe havia recomendado oito dias antes, não era outro senão o personagem infernal que ele tinha prendido de manhã, e *que se encontrava agora na Detenção, nas salas do serviço de antropometria?*

– Tony! – urrou o comissário, saindo uma segunda vez. – Tony! Labonce! Subam logo, que diabos!

Chamava, vociferava, agitava-se, batia, chocava-se contra a armação da escada como um besouro contra as vidraças de uma janela.

Seus homens se reuniram a ele sem demora. Ele gracejou:

– Sauvinoux... Sabem quem é Sauvinoux? É o sujeito desta manhã... o sujeito dali de frente, fugido, disfarçado...

Tony e Labonce pareciam atordoados.

O chefe delirava. Ele os empurrou para o aposento, e depois, armado de um revólver:

– Mãos ao alto, bandido! Mãos ao alto! Labonce, aponte você também para ele.

Sem se alterar, tendo ajeitado sobre a escrivaninha um pequeno espelho de bolso, o sr. Sauvinoux começava cuidadosamente a retirar sua caracterização. Tinha mesmo colocado perto de si o Browning com o qual havia ameaçado Brégeac alguns minutos antes.

Marescal deu um pulo à frente, agarrou a arma e recuou logo, com os braços estendidos.

– Mãos ao alto, ou atiro! Está ouvindo, patife?

O "patife" não parecia absolutamente se comover. Diante dos Brownings apontados a três metros dele, arrancava os pelos revoltos que as costeletas desenhavam em suas faces ou que davam às suas sobrancelhas uma espessura insólita.

– Eu atiro! Eu atiro! Está ouvindo, canalha? Vou contar até três e atirar! Um... Dois... Três.

– Vai fazer uma besteira, Rodolphe – sussurrou Sauvinoux.

Rodolphe fez a besteira. Havia perdido a cabeça. Com as duas mãos atirou, ao acaso, na lareira, nos quadros, estupidamente, como um assassino que, inebriado pelo cheiro de sangue, enterra com repetidos golpes um punhal no cadáver ainda palpitante. Brégeac se curvou sob a rajada. Aurélie não arriscou nenhum gesto. Desde que seu salvador não procurava protegê-la, já que deixava as coisas rolar, é que não havia nada a temer. Sua confiança era tão absoluta que ela quase sorria. Com o lenço um pouco untado de gordura, Sauvinoux retirava a maquiagem do rosto. Raoul pouco a pouco aparecia.

Seis detonações tinham sido ouvidas. A fumaça se espalhava. Vidros partidos, estilhaços de mármore, quadros furados... O aposento parecia ter sido tomado de assalto. Marescal, envergonhado de sua crise de demência, continha-se e dizia a seus dois agentes:

– Esperem no patamar. Ao menor chamado, venham.

– Veja, chefe – insinuou Labonce –, já que Sauvinoux não é mais Sauvinoux, talvez fosse melhor empacotar o personagem. A mim ele nunca agradou, desde que o senhor o contratou, na semana passada. Vamos? Podemos prendê-lo, nós três?

– Faça o que eu disse – ordenou Marescal, para quem a proporção de três para um não era, sem dúvida, suficiente.

Empurrou-os e fechou a porta em seguida.

Sauvinoux terminava sua transformação, virava o casaco, endireitava o nó da gravata e se levantava. Outro homem aparecia. O pequeno policial magrela e desprezível de pouco antes tornava-se um rapagão desempenado, bem vestido, jovem e elegante, em quem Marescal reencontrou seu perseguidor habitual.

– Minhas saudações, senhorita – disse Raoul. – Posso me apresentar? Barão de Limézy, explorador... e policial há uma semana. Logo me reconheceu, não é mesmo? Sim, adivinhei lá embaixo, no vestíbulo... Acima de tudo, mantenha o silêncio, mas pode rir ainda, senhorita. Ah, o seu riso, há pouco, como era bom de ouvir! Que recompensa para mim!

Cumprimentou Brégeac.

– À sua disposição, senhor.

Depois, virando-se para Marescal, disse-lhe alegremente:

– Bom dia, meu velho. Ah, você na certa não havia me reconhecido! Ainda agora deve estar se perguntando como pude tomar o lugar de Sauvinoux. Porque você acredita em Sauvinoux! Senhor todo-poderoso! Dizer que existe um homem que acreditou em Sauvinoux, e que esse homem tem um posto muito importante no mundo policial! Mas, meu bom Rodolphe, Sauvinoux nunca existiu. Sauvinoux é um mito. É um personagem irreal, cujas qualidades chegaram ao seu ministro, e cuja colaboração esse ministro lhe impôs por intermédio de sua mulher. E foi assim que há dez dias acabei ficando a seu serviço, isto é, que o dirijo no bom sentido, que lhe indiquei a moradia do barão de Limézy, que me fiz prender por mim mesmo esta manhã, e que descobri, ali onde tinha me escondido, a miraculosa garrafa que proclama esta verdade fundamental: "Marescal é uma besta".

Era de acreditar que o comissário iria se lançar e agarrar Raoul pela garganta. Mas ele se dominou. E Raoul recomeçou, com seu tom de ironia que mantinha Aurélie em segurança e que fustigava Marescal como uma chibata:

– Não está se sentindo bem, Rodolphe? O que é que o incomoda? Está aborrecido por eu estar aqui, e não em uma masmorra? E você se pergunta como eu pude ao mesmo tempo ir para a prisão como Limézy e acompanhar você como Sauvinoux? Meninos, vejam! O detetive falhou! Mas, meu velho Rodolphe, é de uma simplicidade! Tendo sido a invasão de meu domicílio preparada por mim, substituí o barão de Limézy por um sujeito generosamente pago, que não tinha com o barão a mais vaga semelhança, e ao qual dei como incumbência aceitar todos os contratempos que lhe pudessem acontecer hoje. Conduzido por minha velha empregada, você se arremessou como um touro sobre o desconhecido, cuja cabeça eu, Sauvinoux, envolvi imediatamente com um lenço. E a caminho da Detenção!

"Resultado: desembaraçado do temível Limézy, absolutamente seguro, você veio prender a senhorita, o que não ousaria fazer se eu estivesse livre. *Ora, era preciso que isso acontecesse.* Está ouvindo, Rodolphe, era preciso. Era preciso haver esta pequena sessão entre nós quatro. Era preciso que todas as coisas fossem postas em ordem, para que não tivéssemos de voltar a elas. E elas estão em ordem, não estão? Como se respira à vontade! Como nos sentimos livres de uma porção de pesadelos! Como é agradável, mesmo para você, pensar que daqui a dez minutos nós, a senhorita e eu, iremos apresentar nossas despedidas."

Apesar daquela horrível brincadeira, Marescal tinha reencontrado seu sangue-frio. Ele quis parecer tão tranquilo quanto seu adversário e, com um gesto negligente, agarrou o telefone.

– Alô…! Chefatura de polícia, por favor… Alô… Chefatura…? Passe-me o sr. Philippe… Alô… É você, Philippe…? Bem…? Ah! Já perceberam o erro…? Sim, estou ciente disso, e mais do que você possa acreditar… Escute… Venha com dois ciclistas… dois valentões… e corram para cá, até a casa de Brégeac… Você toca a campainha… Compreendeu, hein? Sem um segundo a perder.

Desligou e observou Raoul.

– Você tirou o disfarce um pouco cedo demais, meu garoto – disse ele, zombando por seu lado, e visivelmente satisfeito com sua nova atitude. – O ataque falhou… e você conhece a resposta. No patamar, Labonce e Tony. Aqui, Marescal, com Brégeac. O qual no fundo não tem nada a ganhar com você. Aí está, para o primeiro choque, se você tivesse a fantasia de libertar Aurélie. E depois, dentro de vinte minutos, três especialistas da chefatura, é suficiente?

Raoul se ocupava seriamente em espetar fósforos em uma ranhura da mesa. Ali espetou sete, uns atrás dos outros, e um sozinho, isolado.

– Opa! – disse ele. – Sete contra um. É um pouco limitado. O que será feito de você?

Avançou a mão timidamente até o telefone.

– Permite?

Marescal deixou-o prosseguir, sempre vigiando. Raoul, por sua vez, empunhou o bocal:

– Alô... O número do Eliseu 22-23, senhorita... Alô... É o presidente da República? Senhor presidente, envie com urgência ao sr. Marescal um batalhão de caçadores a pé...

Furioso, Marescal lhe arrancou o telefone.

– Chega de besteiras, hein? Suponho que, se você veio até aqui, não foi para fazer piadas. Qual é seu objetivo? O que você quer?

Raoul fez um gesto de lamento.

– Você não compreende uma brincadeira. No entanto, é agora ou nunca a hora de rir um pouco.

– Fale, então – exigiu o comissário.

Aurélie suplicou:

– Eu lhe peço...

Ele respondeu rindo:

– A senhorita tem medo dos "valentões" da chefatura e deseja que partamos sem nos despedir. Tem razão. Vamos falar.

Sua voz tornara-se mais séria. Ele repetiu:

– Vamos falar... uma vez que você faz questão, Marescal. Muito bem, falar é agir, e de nada vale a realidade sólida de certas palavras. Se sou o senhor da situação, é por várias razões ainda secretas, mas que tenho que explicar, se eu quiser dar à minha vitória bases inabaláveis... e convencer você.

– De quê?

– Da inocência absoluta da senhorita – disse claramente Raoul.

– Ah, ah! – riu o comissário. – Ela não matou?

– Não.

– E você também não, talvez?

– Eu também não.

– Quem então matou?

– Outros que não nós.

– Mentira!

– Verdade. Marescal, você está enganado nesta história de fio a pavio. Repito aqui o que lhe disse em Monte Carlo: mal conheço a senhorita. Quando a salvei na estação de Beaucourt, só a tinha visto uma vez, naquela tarde, no chá do Boulevard Haussmann. Foi no Sainte-Marie somente que nós tivemos, ela e eu, alguns encontros. Ora, no decorrer desses encontros, ela sempre evitou fazer alusão aos crimes do expresso, e eu nunca a interroguei. A verdade ficou estabelecida independentemente dela, graças a meus esforços encarniçados, e graças sobretudo à minha convicção instintiva, e no entanto sólida como um raciocínio, de que, com seu rosto tão puro, ela não era uma criminosa.

Marescal ergueu os ombros, mas não protestou. Apesar de tudo, estava curioso para saber como o estranho personagem podia interpretar os acontecimentos.

Consultou seu relógio e sorriu. Philippe e os "valentões" da chefatura se aproximavam.

Brégeac escutava sem compreender e olhava para Raoul. Aurélie, subitamente ansiosa, não tirava os olhos dele.

Raoul começou empregando sem perceber os próprios termos de que Marescal se servira.

– Então, em 26 de abril, o vagão número 5 do expresso de Marselha era ocupado apenas por quatro pessoas, uma inglesa, srta. Bakefield...

Mas se interrompeu bruscamente, refletindo por alguns segundos, e recomeçou em som resoluto:

– Não, não é assim que se deve proceder. É preciso remontar a mais longe, à própria fonte dos fatos, e desenvolver toda a história, o que se poderia chamar as duas épocas da história. Ignoro certos detalhes. Mas o que sei, e o que se pode supor com toda a certeza, é suficiente para que tudo seja esclarecido e para que tudo se encadeie.

E, lentamente, disse:

– Há cerca de dezoito anos, repito o número, Marescal... dezoito anos... ou seja, a primeira época da história, portanto há dezoito anos, em Cherbourg, quatro rapazes se encontravam regularmente num café, um chamado Brégeac, secretário do Comissariado Marítimo, um chamado Jacques Ancivel, outro chamado Loubeaux e um tal sr. Jodot. Relações superficiais que não duraram, tendo os três últimos contas a ajustar com a justiça, e não sendo permitido ao primeiro, ou seja, a Brégeac, por seu posto administrativo, continuar com tais encontros. Além disso, Brégeac se casou e veio morar em Paris.

"Tinha se casado com um viúva, mãe de um menina chamada Aurélie d'Asteux. O pai de sua mulher, Étienne d'Asteux, era um velhote excêntrico da província, inventor, pesquisador sempre à espreita e que por diversas vezes estivera prestes a conquistar uma grande fortuna ou descobrir o grande segredo que a ela o levasse. Qra, algum tempo antes do segundo casamento de sua filha com Brégeac, pareceu-lhe ter descoberto um de seus segredos miraculosos. Pelo menos é o que ele levou a crer, em cartas escritas à sua filha, sem o conhecimento de Brégeac, e, para provar a ela, pediu-lhe que fosse um dia visitá-lo, com sua pequena Aurélie. Viagem clandestina, da qual Brégeac infelizmente teve conhecimento, não mais tarde, como crê a senhorita, mas quase imediatamente. Brégeac então interrogou sua mulher. Ainda que se calando quanto ao essencial, como havia jurado ao pai, e se recusando a revelar o local visitado, ela fez certas confissões que levaram Brégeac a crer que Étienne d'Asteux havia escondido um tesouro em algum lugar. Onde? E por que não desfrutar dele desde já? A existência do casal se tornou difícil. Brégeac se irritava dia a dia, importunava Étienne d'Asteux, interrogava a menina, que não respondia, perseguia a mulher, ameaçava-a, em suma, vivia em crescente estado de agitação.

"Ora, um após o outro, dois acontecimentos levaram ao cúmulo sua exasperação. Sua mulher morreu de pleurisia. E ele ficou sabendo que seu sogro d'Asteux, portador de grave doença, estava condenado. Para Brégeac, isso era assustador. Que seria do segredo se Étienne d'Asteux não o contasse? Que seria do tesouro se Étienne d'Asteux o legasse à sua neta Aurélie, 'como presente na maioridade' (a expressão se encontra em uma das cartas)? Então, Brégeac não teria nada? Todas aquelas riquezas que ele presumia fabulosas passariam a seu lado? Ele precisava saber, a qualquer preço, não importava por que meio.

"Esse meio lhe foi proporcionado por um funesto acaso. Encarregado de um caso em que deveria perseguir os autores de um roubo, pôs a mão no trio de seus antigos camaradas de Cherbourg, Jodot, Loubeaux e Ancivel. Era grande a tentação para Brégeac. Ele sucumbiu a ela e falou. Logo o negócio foi concluído. Para os três malandros, foi a liberdade imediata. Partiriam para o vilarejo provençal onde o velho agonizava e lhe arrancariam, por bem ou por mal, as indicações necessárias. Complô malfadado. O velhote, assaltado em plena noite pelos três bandidos, intimado a responder, brutalizado, morreu sem dizer uma palavra. Os três assassinos fugiram. Brégeac passou a ter na consciência um crime do qual não tirou nenhum proveito."

Raoul de Limézy fez uma pausa e observou Brégeac. Este se mantinha calado. Recusava-se a protestar contra as acusações inverossímeis? Confessava? Dir-se-ia que tudo isso lhe era indiferente e que a evocação do passado, por mais terrível que fosse, não podia aumentar sua angústia atual.

Aurélie ouviu tudo com o rosto entre as mãos e sem manifestar suas impressões. Mas Marescal retomou pouco a pouco seu aprumo, certamente espantado por Limézy revelar diante dele fatos tão graves e lhe entregar, de pés e mãos atados, seu velho inimigo Brégeac. E novamente consultou seu relógio.

Raoul prosseguiu:

– Portanto, um crime inútil, mas cujas consequências se fizeram sentir duramente, se bem que a justiça jamais tenha sabido alguma coisa sobre ele. Primeiro, um dos cúmplices, Jacques Ancivel, amedrontado, embarcou para a América. Antes de partir, confessou tudo à mulher. Esta se apresentou na casa de Brégeac e o obrigou, sob pena de denúncia imediata, a assinar um documento no qual reivindicava para si toda a responsabilidade pelo crime cometido contra Étienne d'Asteux e inocentava os três culpados. Brégeac, com medo, estupidamente assinou. Remetido a Jodot, o documento foi fechado por ele e por Loubeaux dentro de uma garrafa que eles encontraram embaixo do travesseiro de Étienne d'Asteux e que conservaram por acaso. Dali em diante, tiveram Brégeac nas mãos e poderiam fazê-lo se explicar quando quisessem.

"Eles o tinham nas mãos. Mas eram rapazes inteligentes e preferiam, mais do que se esgotar em pequenas chantagens, preferiam deixar Brégeac galgar seus postos na administração. No fundo, tinham apenas uma ideia, a descoberta desse tesouro do qual Brégeac teve a imprudência de falar. Ora, Brégeac ainda não sabia de nada. Ninguém sabia... ninguém exceto essa garota *que viu o local* e que, no mistério de sua alma, guardava obstinadamente a imposição do silêncio. Portanto, era preciso esperar e vigiar. Quando ela saísse do convento onde Brégeac a internou, era só agir...

"Ora, ela voltou do convento, e, no dia seguinte à sua chegada, há dois anos, Brégeac recebeu um bilhete em que Jodot e Loubeaux lhe anunciavam que estavam inteiramente à sua disposição para procurar o tesouro. Que ele fizesse a menina falar e que os mantivesse cientes. Sem isso...

"Para Brégeac, foi como se tivesse sido atingido por um raio. Após doze anos, ele esperava que o assunto estivesse definitivamente enterrado. No fundo, não se interessava mais. Aquilo lhe lembrou um crime de que tem horror, e de uma época da qual só se recorda com muita angústia. E eis que todas essas infâmias saíram das trevas! E os camaradas de antigamente ressurgiram! Jodot o perseguira até ali. Eles o assediavam. O que fazer?

"A questão que se colocou foi uma daquelas que nem mesmo se discutem. Quisesse ou não, teria que obedecer, ou seja, atormentar sua enteada e obrigá-la a falar. Então se decidiu, impelido também, aliás, pela necessidade de saber e de enriquecer, que o invadia novamente. Dali em diante, não se passou um só dia sem que não houvesse interrogatório, discussões e ameaças. A infeliz era acuada em seus pensamentos e suas lembranças. Naquela porta fechada atrás da qual, ainda criança, ela encerrou uma pequena série de débeis imagens e impressões, batiam então com golpes redobrados. Ela desejava viver, não lhe permitiam. Ela desejava se divertir, e se divertia mesmo às vezes, frequentava amigos, desempenhava a comédia, cantava... Mas, na volta, o martírio de cada minuto.

"Um martírio ao qual se acrescentou alguma coisa de verdadeiramente odioso e que mal me atrevo a evocar: o amor de Brégeac. Não vamos falar nisso. Disso sabe tanto quanto eu, Marescal, já que, desde o momento em que viu Aurélie d'Asteux, entre Brégeac e você surgiu o ódio feroz de dois rivais.

"É assim que, pouco a pouco, a fuga apareceu à vítima como a única saída possível. Ela foi encorajada a isso por um personagem que Brégeac suportava a contragosto, Guillaume, o filho do último camarada de Cherbourg. A viúva de Ancivel o mantinha de reserva até então. Jogou sua partida na sombra até aqui, muito habilmente, sem despertar desconfianças. Guiado pela mãe, e sabendo que Aurélie d'Asteux, quando viesse a amar, confiaria plenamente seu segredo ao noivo escolhido, sonhava em se fazer amar. Propôs a ela sua assistência: levaria a jovem ao Midi, onde, precisamente, disse ele, suas ocupações o chamavam.

"E chegou o dia 26 de abril.

"Note bem, Marescal, a situação dos atores do drama nesta data e como as coisa se apresentam. Para começar, a senhorita fugiu de sua prisão. Feliz com essa liberdade próxima, ela concordou, no último dia, em tomar chá com seu padrasto em uma confeitaria do Boulevard Haussmann. Lá ela o encontrou por acaso. Escândalo. Brégeac a levou para sua casa. Ela escapou e se reuniu, na estação, a Guillaume Ancivel.

"Guillaume, nessa ocasião, se ocupava de dois afazeres: seduzir Aurélie, mas, ao mesmo tempo, efetuar um assalto em Nice, sob a direção da famosa srta. Bakefield, a cuja quadrilha ele se juntou. E foi assim que a infeliz inglesa se encontrou presa em um drama onde não desempenhava, ela mesma, nenhuma espécie de papel.

"Enfim, temos Jodot e os dois irmãos Loubeaux. Esses três agiriam tão habilmente que Guillaume e sua mãe ignoravam que tivessem reaparecido e que competissem com eles. Mas os três bandidos seguiram todas as manobras de Guillaume, sabiam tudo o que se fazia e se projetava na casa, e lá estavam em 26 de abril. Seu plano estava pronto: raptariam Aurélie e a obrigariam, *de qualquer maneira,* a falar. Está claro, não?

"E agora vamos à distribuição dos lugares ocupados. Vagão número 5, na extremidade, a srta. Bakefield e o barão de Limézy; na frente, Aurélie e Guillaume Ancivel... Está entendendo bem, não é, Marescal? *Na frente do vagão,* Aurélie e Guillaume, e não os dois irmãos Loubeaux, como se acreditava até aqui. Os dois irmãos, assim como Jodot, estavam em outro lugar. Estavam no vagão número 4, no seu, Marescal, bem dissimulados sob a luz velada da lâmpada. Entende?"

– Sim – disse Marescal, em voz baixa.

– Menos mal! E o trem partiu. Duas horas se passaram. Estação de Laroche. Partiu novamente. Era a hora. Os três homens do vagão número 4, isto é, Jodot e os irmão Loubeaux, saíram de sua cabine escura. Estavam mascarados, vestidos com túnicas cinzentas e usando bonés. Penetraram no vagão número 5. Em seguida, à esquerda, duas silhuetas adormecidas, um senhor e uma senhora da qual só se viam os cabelos loiros. Jodot a agarrou pela garganta e só então percebeu o erro cometido: não era Aurélie, mas outra mulher com os mesmos cabelos dourados. Nesse instante, o irmão mais novo voltou e levou os dois cúmplices até a ponta do corredor, onde se encontravam realmente Guillaume e Aurélie. Mas lá tudo mudou. Guillaume ouviu o barulho. Estava de tocaia. Estava com seu revólver, e o desfecho da luta foi imediato: dois tiros, os irmãos tombaram, e Jodot fugiu.

"Estamos bem de acordo, não é, Marescal? Seu erro, meu erro no início, o erro da magistratura, o erro de todos, é que julgaram os fatos pelas aparências, e, de acordo com esta regra, muito lógica, aliás, quando há crime, os mortos é que são as vítimas, e os fugitivos é que são os criminosos. Não se pensou que pode ocorrer o contrário, que os agressores podem ser assassinados e que os assassinos, sãos e salvos, podem fugir. E como Guillaume não pensaria nisso logo na fuga? Se Guillaume esperasse, seria o desastre.

"Guillaume, o assaltante, não admitia que a justiça metesse o nariz em seus negócios. À mínima pergunta, os fatos ocultos de sua existência viriam à luz. Ele se resignaria? Seria tolo demais, agora que o remédio estava ao alcance de sua mão. Não hesitou, apressou sua companheira, mostrou-lhe o escândalo daquela aventura, escândalo para ela, escândalo para Brégeac. Inerte, com a cabeça atordoada, apavorada com o que viu e com a presença dos dois cadáveres, ela se deixou levar. Guillaume colocou-lhe à força a túnica e a máscara do irmão mais novo. Ele mesmo se disfarçou, puxou-a, carregou as malas para não deixar nada atrás de si. Correram os dois pelo longo corredor, chocaram-se com o fiscal e pularam do trem.

"Uma hora depois, após uma terrível perseguição pelos bosques, Aurélie foi detida, presa, lançada diante de seu implacável inimigo, Marescal, e perdida.

"Apenas aí um lance teatral. Eu entro em cena…"

Nada, nem a gravidade das circunstâncias, nem a dolorosa atitude da moça que chorava à lembrança da noite maldita, nada teria impedido

ARSÈNE LUPIN E A GAROTA DE OLHOS VERDES

Raoul de fazer o gesto do artista que entra em cena. Levantou-se, foi até a porta e voltou dignamente a se sentar, com toda a segurança de um ator cuja intervenção vai produzir um efeito fulminante.

– Portanto, entrei em cena – repetiu, com um sorriso de satisfação. – Era tempo. Estou certo de que também você, Marescal, se regozija em perceber, no meio dessa turba de tratantes e imbecis, um homem honrado que logo se apresenta, antes mesmo de saber de alguma coisa, e simplesmente porque a senhorita tem belos olhos verdes, como defensor da inocência perseguida. Enfim, eis uma vontade firme, um olhar arguto, mãos prestimosas, um coração generoso! É o barão de Limézy. Desde que ele esteja presente, tudo se arranja. Os acontecimentos se conduzem como criancinhas obedientes, e o drama termina em riso e bom humor.

Um segundo pequeno passeio. Em seguida, ele se inclina para a garota e lhe diz:

– Por que está chorando, Aurélie, uma vez que todas essas coisas desagradáveis terminaram e que o próprio Marescal se rende a uma inocência que reconhece? Não chore, Aurélie. Sempre entro em cena no minuto decisivo. É um hábito, e nunca falho em minha entrada. Bem que você viu, naquela noite: Marescal a prende, eu a salvo. Dois dias depois, em Nice, é Jodot, eu a salvo. Em Monte Carlo, em Sainte-Marie, é ainda Marescal, e eu a salvo. E agora mesmo, eu não me achava aqui? Então, o que você receia? Tudo acabou, e só nos resta partir tranquilamente, antes que os dois valentões cheguem e os caçadores a pé cerquem a casa. Não é, Rodolphe? Não há mais nenhum obstáculo, e a senhorita está livre… Não está entusiasmado com a denúncia que satisfaz seu espírito de justiça e sua cortesia? Você vem, Aurélie?

Ela foi timidamente, sentindo ainda que a batalha não estava ganha. De fato, na soleira da porta, Marescal se levantou, implacável. Brégeac se colocou a seu lado. Os dois homens defendiam causa comum contra o rival que triunfava…

163

SANGUE

Raoul se aproximou e, desdenhando Brégeac, disse em tom sereno ao comissário:

— A vida parece muito complicada porque nunca a vemos a não ser por frestas, por clarões inesperados. Também é assim nesse caso do expresso. É embrulhado como um romance em folhetim. Os fatos estouram ao acaso, estupidamente, como petardos que não explodissem na ordem em que foram colocados. Mas, se um espírito lúcido os remete aos seus lugares, tudo se torna lógico, simples, harmonioso, natural como uma página da história. É essa página da história que acabo de ler a você, Marescal. Agora você conhece a aventura e sabe que Aurélie d'Asteux é inocente. Deixe-a ir.

Marescal levantou os ombros.

— Não.

— Não seja teimoso, Marescal. Está vendo que não estou brincando mais. Que não estou mais gracejando. Peço-lhe simplesmente que reconheça seu erro.

— Meu erro?

– Certamente, já que não matou, já que não foi cúmplice, mas vítima.

O comissário zombou:

– Se ela não matou, por que fugiu? A fuga de Guillaume eu admito. Mas a dela? O que ela teria a ganhar? E por que, depois, não disse nada? Fora algumas queixas no início, quando suplicou aos guardas: "Quero falar com o juiz, quero lhe contar…". Fora isso, o silêncio.

– Um ponto a seu favor, Marescal – confessou Raoul. – A objeção é séria. Também a mim esse silêncio muitas vezes desconcertou, o silêncio teimoso, que ela nunca abandonou, nem mesmo comigo, que a socorria e a quem uma confissão poderia ajudar em minhas investigações. Mas seus lábios permaneceram fechados. E foi só aqui, nesta casa, que resolvi o problema. Que ela me perdoe se revistei suas gavetas durante sua doença. Era preciso. Marescal, leia esta frase entre as instruções da mãe dela, moribunda, e que não alimentava ilusões quanto a Brégeac, lhe deixou: *"Aurélie, aconteça o que acontecer, e seja qual for o procedimento de seu padrasto, nunca o acuse. Defenda-o, mesmo que você tenha que sofrer por causa dele, mesmo se ele for culpado. Eu uso o nome dele."*

Marescal protestou:

– Mas ela ignorava o crime de Brégeac! E, ainda que o soubesse, esse crime não tem relação com o assalto de expresso. Brégeac, portanto, não podia estar implicado!

– Podia, sim.

– Por quem?

– Por Jodot…

– O que o prova?

– As confidências feitas a mim pela mãe de Guillaume, viúva Ancivel, a quem encontrei em Paris, onde ela mora, e a quem paguei muito caro por uma declaração escrita de tudo quanto ela sabe sobre o passado e o presente. Ora, seu filho lhe disse que, na cabine do expresso em frente à senhorita, perto dos dois irmãos mortos, e com a máscara arrancada, Jodot jurou, erguendo o punho fechado:

"Se você disser uma palavra sequer sobre o caso, Aurélie, se falar de mim, se eu for preso, eu conto o crime de outrora. Foi Brégeac que matou seu avô d'Asteux. Foi essa ameaça, repetida em Nice, que perturbou Aurélie e a reduziu ao silêncio. Não estou dizendo a verdade exata, senhorita?"

Ela murmurou:

– A verdade exata.

– Portanto, você está vendo, Marescal, que a objeção cai por terra. O silêncio da vítima, o silêncio que lhe deixou suspeitas, é, ao contrário, uma prova a seu favor. Pela segunda vez, eu lhe peço que a deixe partir.

– Não – disse Marescal –, batendo o pé.

– Por quê?

A cólera de Marescal explodiu subitamente:

– Porque quero me vingar! Quero o escândalo, quero que saibam de tudo, da fuga com Guillaume, da detenção, do crime de Brégeac! Quero a desonra para ela, e a vergonha. Ela me repeliu. Que pague! E que Brégeac pague também! Você foi bastante tolo por me fornecer informações precisas que me faltavam. Tenho Brégeac e a menina, melhor ainda do que eu pensava… E Jodot! E os Ancivel! Toda a quadrilha! Ninguém escapará, e Aurélie está no lote!

Ele delirava de cólera e acomodou diante da porta sua alta figura. No patamar, ouviam-se Labonce e Tony.

Raoul recolhia de cima da mesa o pedaço de papel tirado da garrafa, e onde se lia a inscrição: "Marescal é uma besta". Desdobrou-o displicentemente e estendeu-o ao comissário:

– Tome, meu velho, ponha em um quadrinho e coloque junto à sua cama.

– Sim, sim, zombe – proferiu o outro –, zombe tanto quanto quiser, o que não impede que eu também tenha você em minhas mãos! Ah, desde o começo você vem me fazendo ver as coisas! O lance do cigarro, hein! Tem fogo, por favor? Vou lhe dar fogo agora! O suficiente para que você fume a vida inteira na prisão! Sim, na prisão, de onde você vem e para onde voltará sem demora. À prisão, repito, à prisão. Se pensa que pelo esforço de lutar contra você não tirei a limpo o seu disfarce... Se julga que não sei quem você é e que não tenho todas as provas necessárias para desmascará-lo... Olhe para ele, Aurélie, para o seu namorado, e, se quer saber quem é, pense um pouco no rei dos escroques, no mais cavalheiro dos assaltantes, no mestre dos mestres e pode dizer a si mesma que, afinal de contas, o barão de Limézy, falso nobre e falso explorador, não é outro senão...

Interrompeu-se. Embaixo tocavam. Eram Philippe e seus valentões. Só podiam ser eles.

Marescal esfregou as mãos e respirou profundamente:

– Creio que você está frito, Lupin... O que diz a respeito disso?

Raoul observou Aurélie. O nome de Lupin não pareceu impressioná--la; ela escutava com angústia os rumores de fora.

– Pobre senhorita de olhos verdes – disse ele –, sua fé ainda não é perfeita. Por que diabos o chamado Philippe poderia atormentá-la?

Entreabriu a janela e, dirigindo-se a um dos que estavam na calçada, embaixo dele, disse:

– Você aí é o chamado Philippe, da chefatura? Diga então, camarada... duas palavras longe dos três valentões (porque são três, caramba!). Não me reconhece? Sou o barão de Limézy. Depressa! Marescal o espera.

Empurrou a janela.

– Marescal, a conta é esta. Quatro de um lado... e três do outro, porque não conto Brégeac, que parece desinteressado da aventura; isso dá sete valentões que vão acabar comigo. Estou tremendo de medo! E a senhorita de olhos verdes, também.

Aurélie sorriu a contragosto, mas não pôde balbuciar mais do que algumas sílabas ininteligíveis.

Marescal esperava no patamar. A porta do vestíbulo foi aberta. Subiram passos, precipitados. Em breve, Marescal teria às suas ordens, prontos para matar, como uma matilha encolerizada, seis homens. Ele lhes deu ordens em voz baixa, depois voltou, com o rosto radiante.

– Nada de batalhas inúteis, não é, barão?

– Nade de batalhas, marquês. A ideia de matar vocês sete, como as mulheres de Barba-Azul, é intolerável para mim.

– Então vai me seguir?

– Até o fim do mundo.

– Sem condições, é claro…?

– Com uma condição: convide-me para comer.

– De acordo. Pão seco, biscoito de cachorro e água – gracejou mais uma vez Marescal.

– Não – disse Raoul.

– Então, qual o seu cardápio?

– O seu, Rodolphe: merengues ao chantili, babas ao rum e vinho de Alicante.

– O que é que você está dizendo? – perguntou Marescal, em tom de inquieta surpresa.

– Nada mais simples. Você me convida para tomar chá. Aceito sem cerimônia. Não tem um encontro marcado para as cinco horas?

– Encontro…? – disse Marescal, ainda mais perturbado.

– Sim… não se lembra? Em sua casa… ou melhor, em sua *garçonnière*… Rue Duplan… um pequeno apartamento… na frente… Não é lá que encontra todas as tardes, e se empanturra de merengues regados a Alicante, a mulher de seu…

– Silêncio! – murmurou Marescal, que estava lívido.

Toda a sua arrogância evaporara. Não sentia mais vontade de gracejar.

– Por que você quer que eu guarde segredo? – perguntou Raoul ingenuamente. – O quê? Não vai mais me convidar? Não quer me apresentar a…

– Silêncio, caramba! – repetiu Marescal.

Reuniu seus homens e chamou Philippe à parte.

– Um instante, Philippe. Temos alguns detalhes a acertar antes de terminarmos. Afaste seus companheiros, para que não possam ouvir.

Tornou a fechar a porta, virou-se para Raoul e lhe disse, olhos nos olhos, em voz baixa, desconfiado de Brégeac e de Aurélie.

– O que significa isso? Aonde você quer chegar?

– A lugar nenhum.

– Por que essa alusão...? Como você sabe...?

– O endereço de sua *garçonnière* e o nome de sua amiguinha? Ora, foi só eu fazer com você o que fiz com Brégeac, com Jodot e parceiros, um inquérito discreto sobre sua vida íntima, que me conduziu a um misterioso apartamento em um andar térreo, bem aconchegante, onde você recebe belas mulheres. Penumbra, perfumes, flores, vinhos doces, divãs profundos como túmulos... O Cabaré Marescal, enfim!

– E daí? – balbuciou o comissário. – Não tenho direito? Que relação existe entre isso e a sua detenção?

– Não haveria nenhuma se, por infelicidade, você não tivesse cometido a besteira (besteira, que deriva de besta) de escolher esse pequeno templo de Cupido para esconder ali as cartas dessas senhoras.

– Está mentindo! Mentindo!

– Se eu estivesse mentindo, você não estaria da cor de um nabo.

– Explique isso melhor!

– Em um armário embutido, há um cofre secreto. Dentro desse cofre, uma caixinha. Nessa caixinha, lindas cartas femininas, amarradas com fitas de várias cores. O suficiente para comprometer duas dúzias de mulheres da sociedade e atrizes cuja paixão pelo belo Marescal se exprime sem o mínimo comedimento. Devo citar algumas? A mulher do procurador B..., a srta. X... da Comédie-Française... e sobretudo, sobretudo a digna esposa, um pouco madura, mas ainda apresentável, de...

– Cale-se, miserável!

– Miserável – disse Raoul tranquilamente – é aquele que se serve de seu físico avantajado para obter proteção e promoção.

Com ar suspeito, cabeça baixa, Marescal deu duas ou três vezes a volta pelo aposento, depois voltou para junto de Raoul e disse:

– Quanto?

– Quanto o quê?

– Qual é seu preço pelas cartas?

– Trinta dinheiros, como Judas.

– Nada de besteira. Quanto?

Marescal tremia de impaciência e cólera. Raoul disse rindo:

– Não vá ter um ataque agora, Rodolphe. Sou um bom rapaz e tenho simpatia por você. Não quero nem um tostão por sua literatura cômico--amorosa. Ela vale bastante para mim. Vou ter com que me divertir por meses. Mas exijo…

– O quê?

– Que você baixe as armas, Marescal. Tranquilidade absoluta para Aurélie e para Brégeac, mesmo para Jodot e para os Ancivel, dos quais me encarrego. Como todo esse caso, do ponto de vista policial, está na sua mão, e como não existe nenhuma prova real, nenhum indício sério, abandone o caso: será arquivado.

– E você me devolverá as cartas?

– Não… ficam em penhor. Vou conservá-las comigo. Se você não cumprir o combinado, publico algumas, de maneira nua e crua. Tanto pior para você e tanto pior para as belas amigas.

Gotas de suor escorriam da fronte do comissário. Ele afirmou:

– Fui traído.

– É bem possível.

– Sim, sim, traído por ela. Já sentia há algum tempo que ela me espionava. Foi por ela que você conduziu o caso ao ponto que desejava, e que se fez recomendar a seu marido para trabalhar comigo.

– O que você quer? – perguntou Raoul alegremente. – É a regra do jogo. Se para lutar você emprega meios tão sujos, como eu poderia agir de maneira diferente quando se tratava de defender Aurélie contra o seu ódio abominável? E, depois, você foi muito ingênuo, Rodolphe. Porque, enfim, como você pôde supor que um tipo da minha espécie ficaria dormindo por um mês, esperando que você cuidasse dos acontecimentos a seu bel-prazer? Entretanto, você me viu agir em Beaucourt, em Monte Carlo, em Sainte-Marie, e viu como escamoteei a garrafa e o documento. Então, por que não tomou suas precauções?

Sacudiu o comissário pelos ombros e prosseguiu:

– Vamos, Marescal, não vergue sob o temporal. Você perde a partida, que seja. Mas tem a demissão de Brégeac no bolso e, como está bem na corte, e o posto lhe foi prometido, é um grande passo adiante. Os dias bons voltarão, Marescal, tenha certeza. Sob uma condição, porém: desconfie das mulheres. Não se sirva delas para vencer na profissão e não se sirva de sua profissão para vencer junto a elas. Seja apaixonado, se isso lhe apraz, seja policial, se isso lhe convém, mas não seja um apaixonado policial nem um policial apaixonado. Em conclusão, um bom aviso: se algum dia encontrar Arsène Lupin em seu caminho, saia pela tangente. Para um policial, é o começo da sabedoria. Tenho dito. Dê suas ordens. E adeus.

Marescal mordia o freio. Enrolava e torcia na mão uma das pontas da barba. Cederia? Iria jogar-se sobre o adversário e chamar seus valentões? "Uma tempestade sobre um crânio", como em *Os miseráveis*, pensou Raoul. "Pobre Rodolphe, para que se debater?"

Rodolphe não se debateu por muito tempo. Era perspicaz demais para deixar de compreender que toda resistência só faria agravar a situação. Obedeceu, portanto, como um homem que confessa não poder deixar de obedecer. Tornou a chamar Philippe e conversou com ele. Em seguida, Philippe se foi e levou todos os seus camaradas, inclusive Labonce e Tony. A porta do vestíbulo foi aberta e fechada. Marescal tinha perdido a batalha.

Raoul se aproximou de Aurélie.

– Tudo está arranjado, senhorita, e só nos resta partir. Sua mala está embaixo, não é?

Ela murmurou, como se despertasse de um pesadelo:

– Será possível…! Não vou para a prisão…? Como você conseguiu…?

– Ah! – disse ele animado. – De Marescal se obtém tudo quanto se quer, com brandura e raciocínio. É um excelente rapaz. Estenda-lhe a mão, senhorita.

Aurélie não estendeu a mão e passou sem se inclinar. Marescal, aliás, estava de costas, com os cotovelos na lareira e a cabeça entre as mãos.

Ela hesitou ligeiramente ao se aproximar de Brégeac. Mas ele parecia indiferente e conservava um ar estranho do qual Raoul devia se lembrar em seguida.

– Uma palavra ainda – disse Raoul, detendo-se na soleira da porta. – Comprometo-me perante Marescal e diante de seu padrasto a conduzi-la a um sossegado retiro, onde, durante um mês, você não me verá. Dentro de um mês irei lhe perguntar como você pretende levar sua vida. Estamos inteiramente de acordo?

– Sim – disse ela.

– Então, vamos.

Saíram. Na escada, ele teve que sustentá-la.

– Meu automóvel está perto daqui – disse ele. – Será que tem forças para viajar toda a noite?

– Sim – afirmou ela. – É uma alegria e tanto estar livre…! E uma angústia também... – acrescentou em voz baixa.

No momento em que saíam, Raoul estremeceu. Uma detonação se fez ouvir no andar superior. Disse a Aurélie, que não tinha ouvido:

– O carro está à direita… Olhe, vê-se daqui… há uma senhora dentro, aquela de quem já lhe falei. É minha velha ama. Quer ir ao encontro dela? Quanto a mim, vou ter que subir outra vez. Apenas algumas palavras, e volto para me juntar a você.

Ele subiu precipitadamente, enquanto ela se afastava.

No aposento, Brégeac, caído em um canapé com o revólver na mão, agonizava, socorrido por seu criado e pelo comissário. Uma golfada de sangue saiu de sua boca. Uma última convulsão, e não se moveu mais.

– Eu devia ter previsto – resmungou Raoul. – Sua derrocada, a partida de Aurélie… Pobre-diabo! Pagou sua dívida.

Disse a Marescal:

– Cuide disso com o criado e telefone para que enviem um médico. Hemorragia, não? Sobretudo, que nem se fale em suicídio. De jeito nenhum. Aurélie não saberá nada por enquanto. Diga que ela está na província, adoentada, em casa de uma amiga.

Marescal agarrou-o pelo pulso.

– Responda: quem é você? Lupin, não é?

– Até que enfim – disse Raoul. – A curiosidade profissional levou a melhor.

Colocou-se bem em frente ao comissário, mostrou-se de perfil e de três-quartos e brincou:

– Adivinhou, espertinho.

Desceu depressa e alcançou Aurélie, que a velha senhora havia instalado no fundo de uma limusine confortável. Mas, lançando por precaução um olhar circular sobre a rua, disse à senhora:

– Não viu ninguém vagando em volta do carro?

– Ninguém – declarou ela.

– Tem certeza? Um homem um pouco gordo acompanhado de outro com um braço em uma tipoia?

– Sim! É verdade, sim! Eles iam e vinham pela calçada, mas bem mais para lá.

Ele partiu rapidamente e apanhou, em uma pequena passagem que contorna a Igreja de Saint-Philippe-du-Roule, dois indivíduos, um dos quais com um braço em uma tipoia.

Bateu nos ombros dos dois e lhes disse alegremente:

– Ora, vejam só! Então os dois se conhecem? Como vai, Jodot? E você, Guillaume Ancivel?

Eles se viraram. Jodot, vestido como um burguês, o busto enorme, com um rosto cabeludo de um cão feroz, não demonstrou nenhum espanto.

– Ah, é você o sujeito de Nice! Bem que eu dizia que era você quem acompanhava a garota há pouco.

– E é também o sujeito de Toulouse – disse Raoul a Guillaume.

E imediatamente prosseguiu:

– Que fazem por aqui, meus malandros? Vigiavam a casa de Brégeac, hein?

– Há duas horas – afirmou Jodot com arrogância. – A chegada de Marescal, os truques dos policiais, a partida de Aurélie, vimos tudo.

– E então?

– Então, suponho que você esteja sabendo de toda a história, que você pescou em águas turvas e que Aurélie está fugindo em sua companhia, enquanto Brégeac se debate com Marescal. Demissão, sem dúvida... Detenção...

– Brégeac acaba de se matar – disse Raoul.

Jodot teve um sobressalto.

– Hein?! Brégeac... Brégeac morreu!

Raoul os arrastou para junto da igreja.

– Escutem os dois: proibi vocês de se meterem neste caso. Você, Jodot, foi quem matou o avô d'Asteux, quem matou a srta. Bakefield e quem causou a morte dos irmãos Loubeaux, seus amigos, sócios e cúmplices. Devo entregar você a Marescal...? E você, Guillaume, deve saber que sua mãe me vendeu todos os seus segredos por uma boa quantia, e sob a condição de que você não fosse molestado. Prometi em relação ao passado. Mas, se você recomeçar, minha promessa não vale. Devo quebrar seu outro braço e entregar você a Marescal?

Guillaume, confuso, gostaria de voltar atrás, mas Jodot se aborreceu.

ARSÈNE LUPIN E A GAROTA DE OLHOS VERDES

– Em resumo, o tesouro para você é esse aí, está claro, não?

Raoul ergueu os ombros.

– Então, você acredita no tesouro, meu camarada?

– Tanto quanto você. Já faz quase vinte anos que trabalho nisso, e estou cheio de todas as suas estripulias para me engambelar.

– Engambelar você! Precisaria primeiro que você soubesse onde está esse tesouro e o que é.

– Não sei de nada… e você também não, não mais que Brégeac. Mas a menina sabe. E é por isso que…

– Quer que a gente reparta? – disse Raoul, rindo.

– Não vale a pena. Posso muito bem pegar a minha parte sozinho. E tanto pior para quem me atrapalhar. Tenho na mão mais trunfos do que você imagina. Está avisado. Boa noite.

Raoul olhou os dois se afastarem. O incidente o aborreceu. Que diabo tinha vindo fazer ali aquele carniceiro de mau agouro?

– Ora! – disse. – Se quiser correr atrás do carro por quatrocentos quilômetros, posso apostar com você uma bela corrida…!

No dia seguinte, ao meio-dia, Aurélie despertou em um quarto claro, onde ela via, por cima dos jardins e pomares, a sombria e majestosa Catedral de Clermont-Ferrand. Um antigo convento, transformado em casa de repouso, e situado em uma elevação, oferecia a ela o retiro mais discreto e o mais adequado para restabelecer definitivamente a sua saúde.

Passou ali algumas semanas agradáveis, não falando com ninguém a não ser com a velha ama de Raoul, passeando pelo parque, devaneando horas inteiras, com os olhos fixos na cidade ou nas montanhas do Puy-de-Dôme, cujos primeiros contrafortes eram assinalados pelas colinas de Royat.

Raoul não veio vê-la nem uma única vez. Ela encontrava em seu quarto flores e frutas que a ama ali deixava, livros e revistas. Já Raoul se escondia ao longo das pequenas aleias que serpenteavam entre as vinhas das colinas próximas. Ele a olhava e lhe dirigia discursos em que exalava sua paixão cada vez mais viva.

Adivinhava, pelos gestos da moça e por seu andar ágil, que a vida renascia nela, como uma fonte quase extinta em que a água fresca aflui de novo. Uma sombra se estendia sobre as horas terríveis, os rostos sinistros, os cadáveres e os crimes, e o esquecimento era, acima de tudo, o desabrochar de uma felicidade tranquila, séria, inconsciente, ao abrigo do passado e mesmo do futuro.

"Você é feliz, garota de olhos verdes", dizia ele. "A felicidade é um estado de espírito que permite viver no presente. Enquanto o sofrimento se alimenta de lembranças ruins e esperanças nas quais não acredita, a felicidade se mistura a todos os pequenos fatos da vida cotidiana e os transforma em elementos de alegria e serenidade. Ora, você é feliz, Aurélie. Quando colhe flores, ou quando se deita na espreguiçadeira, faz isso com um ar de contentamento.

No vigésimo dia, uma carta de Raoul lhe propôs uma excursão de automóvel em uma manhã da semana seguinte. Ele tinha coisas importantes a lhe dizer.

Sem hesitar, ela respondeu que aceitava.

Na manhã marcada, ela andou por caminhos pedregosos que a levaram até a estrada principal, onde Raoul a esperava. Vendo-o, ela se deteve, subitamente confusa e inquieta, como uma mulher que se pergunta, em um momento solene, para onde está indo ou para onde a arrastam as circunstâncias. Mas Raoul se aproximou e lhe fez sinal para que se calasse. Cabia a ele dizer as palavras que precisava dizer.

– Eu não tinha dúvida de que você viria. Você sabia que devíamos nos rever, porque a aventura trágica não terminou, e certas soluções permanecem em suspenso. Quais? Pouco lhe importa, não é? Você me deu a missão de regular tudo, colocar tudo em ordem, resolver e fazer tudo. Você vai obedecer a mim simplesmente. Vai me deixar guiá-la pela mão e, aconteça o que acontecer, não vai ter medo. Isso acabou, o medo, o medo que perturba e que dá uma visão do inferno. Não é? Você vai sorrir ante os acontecimentos e os acolherá como amigos.

Estendeu-lhe a mão. Ela o deixou apertar a sua. Queria falar e, sem dúvida, dizer-lhe que agradecia, que tinha confiança nele... Mas deve ter compreendido a inutilidade de tais palavras, porque se calou. Eles partiram, atravessaram a estância termal e o antigo vilarejo de Royat.

O relógio da igreja marcava oito e meia. Era um sábado, dia 15 de agosto. As montanhas se erguiam sob um céu esplêndido.

Não trocaram uma palavra sequer. Mas Raoul não cessava de lhe dirigir palavras ternas, como que para si mesmo.

"Não me detesta mais, hein, garota de olhos verdes? Vamos esquecer as ofensas do primeiro momento? E eu mesmo tenho tanto respeito por você que não quero me lembrar disso ao seu lado. Vamos, sorria um pouco, já que agora tenho o hábito de pensar em mim como seu bom gênio. A gente sorri para o bom gênio.

Ela não sorriu. Mas ele a sentiu amigável e muito próxima.

O carro não rodou mais de uma hora. Contornaram a colina de Dôme e tomaram um caminho muito estreito que se dirigia para o sul, com subidas, zigue-zagues e descidas em meio a vales verdes ou florestas sombreadas.

Depois a estrada se estreitou ainda mais, correndo no meio de uma região deserta e seca, e se tornou abrupta. Era pavimentada de enormes placas de lava, desiguais e desconjuntadas.

– Uma antiga calçada romana – disse Raoul. – Não existe um velho canto da França onde não se encontre algum vestígio análogo, alguma via de César.

Ela não respondeu. Mas de repente parecia sonhadora e distraída.

A velha calçada romana já não era mais que um desfiladeiro de cabras. A escalada foi penosa. Seguiu-se um pequeno platô, com um vilarejo abandonado, em que Aurélie viu o nome em uma placa: Juvains. Em seguida um bosque, depois uma planície subitamente verdejante, de aspecto agradável. Depois de novo a calçada romana, que subia em linha reta, como uma escada, entre os taludes de erva espessa. No pé dessa escada eles pararam. Aurélie mostrava-se cada vez mais recolhida. Raoul não parava de observá-la avidamente.

Quando tinham subido as lajes, dispostas como degraus, chegaram a uma grande faixa de terreno circular, que encantava pelo frescor de suas plantas e de sua relva, cercado por uma alta muralha de blocos de cimento, que as intempéries não haviam alterado e que se estendia ao longe, para a direita e a esquerda. Nessa muralha existia uma larga porta cuja chave Raoul tinha. Ele abriu. O terreno continuava a subir. Quando atingiram o alto desse aterro, viram diante deles um lago parado como se fosse de gelo, no côncavo de uma coroa de rochedos que o dominavam de forma regular.

Pela primeira vez, Aurélie fez uma pergunta que mostrava todo o seu trabalho de reflexão.

– Posso lhe perguntar se, ao me trazer aqui, e não a outro lugar, você teve algum motivo especial? Ou foi por acaso...?

– O espetáculo é um tanto triste, com efeito – disse Raoul, sem responder diretamente –, mas, de qualquer maneira, tem uma rudeza, uma selvagem melancolia que tem um caráter particular. Os turistas nunca vêm aqui em excursão, é o que me disseram. No entanto, pode-se passar de barco, como você vê.

Ele a levou até um velho barco que estava preso por uma corrente a uma estaca. Ela se instalou ali sem dizer nada. Ele pegou os remos, e saíram tranquilamente.

A água cor de ardósia não refletia o azul do céu, mas, sim, o tom sombrio das nuvens invisíveis. Na ponta dos remos cintilavam gotas que pareciam pesadas como mercúrio, e era de espantar que o barco pudesse penetrar nessa onda, por assim dizer, metálica. Aurélie molhou nela a mão, mas teve de tirá-la logo, tão fria e desagradável estava a água.

– Ah! – disse ela, com um suspiro.

– O que foi? O que você tem? – perguntou Raoul.

– Nada... ou, pelo menos, não sei...

– Você está inquieta... comovida...

– Comovida, sim... Sinto em mim algumas impressões que me espantam... que me desconcertam. Me parece...

– Te parece...?

– Não saberia dizer... me parece que sou outro ser... e que não é você que está aqui. Está entendendo?

– Entendo – disse ele, sorrindo.

Ela murmurou:

– Não me explique. Isso que estou experimentando me faz mal, e, no entanto, por nada no mundo eu deixaria de experimentar.

O círculo de falésias, no alto das quais a grande muralha aparecia de quando em quando e se estendia em um raio de quinhentos ou seiscentos metros, oferecia, bem no fundo, uma abertura onde começava um estreito canal apertado, cujos altos paredões o escondiam dos raios de sol. Eles se dirigiram para lá. As rochas eram mais negras e mais tristes. Aurélie as contemplava com estupor e erguia os olhos para as silhuetas estranhas que elas formavam: leões agachados, maciças chaminés, estátuas descomunais, gárgulas gigantescas.

E subitamente, quando ele chegaram ao meio desse corredor fantástico, receberam como que uma lufada de rumores longínquos e indistintos que vinha, por esse mesmo caminho de água, de regiões que eles tinham deixado havia pouco mais de uma hora.

Eram repiques da igreja, toques de pequenos sinos, uma música metálica, notas animadas e alegres, todo um frêmito de música divina em que retumbava o sino reverberante de uma catedral.

A jovem quase desmaiou. Compreendia, também ela, o significado de sua perturbação. As vozes do passado, daquele passado misterioso que ela tudo fizera para não esquecer, retiniam dentro dela e à sua volta. Aquilo tudo se chocava contra as muralhas em que o granito se misturava com a lava de antigos vulcões. Aquilo saltava de uma rocha a outra, de uma estátua para uma gárgula, deslizava pela dura superfície da água, subia até a faixa azul do céu, retumbava como poeira de espuma até o fundo do abismo e se afastava com ecos saltitantes em direção a outra saída do desfiladeiro, onde brilhava a luz do dia claro.

Desvairada, palpitante de lembranças, Aurélie tentava lutar e se obstinava em não sucumbir a tantas emoções. Mas não tinha forças. O passado a curvava como um galho que cede, e ela se inclinou, murmurando, entre soluços:

– Meu Deus! Meu Deus, quem é você, afinal?

Estava estupefata por aquele prodígio inconcebível. Nunca tendo revelado o segredo que lhe haviam confiado, zelosa, desde a infância, do tesouro de lembranças que sua memória guardava convictamente, e que ela não deveria entregar, por ordem de sua mãe, senão àquele que ela viesse a amar, sentia-se completamente frágil diante daquele homem desconcertante que lia o fundo de sua alma.

– Então não me enganei? É mesmo aqui, não é? – disse Raoul, a quem o encantador abandono em que se encontrava a jovem tocava infinitamente.

– É exatamente aqui – sussurrou Aurélie. – Já ao longo do trajeto, as coisas me pareceram familiares... a estrada… as árvores… o caminho de lajes que subia entre os taludes… e depois o lago, esses rochedos, a cor e a frieza dessa água… e depois, sobretudo, esses sons de sinos… Ah, são os mesmos de outrora… Vieram nos encontrar no mesmo local em que encontraram minha mãe, o pai de minha mãe e a menininha que eu era nessa época. E, como hoje, saímos da sombra para entrar nesta outra parte do lago, sob um mesmo sol…

Ela havia erguido a cabeça e olhava. Outro lago, com efeito, menor, mais grandioso, abria-se diante deles, com falésias mais escarpadas e um ar de solidão mais selvagem ainda e mais agressivo.

ARSÈNE LUPIN E A GAROTA DE OLHOS VERDES

Uma a uma, as lembranças ressuscitavam. Ela as relatava suavemente, bem junto de Raoul, como confidências que se fazem a um amigo. Evocava diante dele uma pequena menina feliz, despreocupada, distraída pelo espetáculo das formas e cores que contemplava hoje com olhos úmidos de lágrimas.

– É como se você me levasse de viagem através de sua vida – disse Raoul, a quem a emoção invadia –, e sinto tanto prazer em ver o que ela foi nessa ocasião como você mesma em reencontrá-la.

Ela continuou:

– Minha mãe estava sentada no lugar em que você está, e o pai dela, na frente de você. Beijei a mão de mamãe. Olhe, aquela árvore completamente isolada, naquela greta, estava lá... e também estas grandes manchas de sol que correm por esta rocha... E veja que tudo se estreita de novo, como ainda há pouco. Mas não existe mais passagem, é a extremidade do lago. Ele é comprido, este lago, e curvado como um crescente... Vamos descobrir uma praia muito pequena que fica bem na ponta... Olhe, veja... com uma cascata à esquerda, que sai da falésia... Existe uma segunda à direita... Você vai ver a areia... Brilha como mica... E há uma greta logo em seguida... Sim, tenho certeza... E na entrada dessa greta...

– Na entrada dessa greta?

– Há um homem que nos espera... um homem engraçado, com uma longa barba grisalha, vestido com uma blusa de lã marrom... Dava para vê-lo daqui, de pé, bem alto. Será que não vamos vê-lo?

– Pensei que o veríamos – afirmou Raoul. – Estou muito surpreso. É quase meio-dia, e nosso encontro estava marcado para o meio-dia.

A ÁGUA QUE SOBE

Desembarcaram na prainha onde os grãos de areia brilhavam ao sol como mica. A falésia da direita e a da esquerda, juntando-se, formavam um ângulo agudo que abria, na parte inferior, em uma pequena anfractuosidade protegida por um teto de ardósias que avançavam.

Sob esse teto estava posta uma pequena mesa, com toalha, pratos, laticínios e frutas.

Sobre um dos pratos, um cartão de visita trazia estas palavras:

> *O marquês de Talençay, amigo de seu avô d'Asteux, saúda você, Aurélie. Em breve ele estará aqui e se desculpa por só poder lhe apresentar suas homenagens durante o dia.*

– Então ele esperava minha visita? – perguntou Aurélie.
– Sim – respondeu Raoul. – Conversamos durante muito tempo, ele e eu, há quatro dias, e fiquei de trazê-la hoje ao meio-dia.

Ela olhou em volta de si. Um cavalete de pintura se apoiava na parede, sob uma larga prancha cheia de folhas de desenho, de modelagens e caixas de cores, e que também trazia algumas roupas velhas. Atravessada no canto, uma rede. No fundo, duas grandes pedras formavam uma lareira, onde se costumava acender o fogo, pois as paredes estavam enegrecidas, e em uma fissura da rocha se abria um conduto, como um cano de chaminé.

– Será que ele mora ali? – perguntou Aurélie.

– Frequentemente, sobretudo nesta estação. O resto do tempo, no vilarejo de Juvains, onde eu o descobri. Mas, mesmo assim, ele vem aqui todo dia. Como seu falecido avô, é um velhote excêntrico, muito culto, artista dedicado, se bem que sua pintura não seja boa. Vive sozinho, um pouco como um ermitão, caça, corta e vende suas árvores, vigia os guardadores de seus rebanhos e alimenta todos os pobres desta região, que lhe pertence em um perímetro de duas léguas. E faz quinze anos que ele a espera, Aurélie.

– Ou, pelo menos, espera a minha maioridade.

– Sim, depois de um acordo com o amigo d'Asteux. Eu o interroguei a esse propósito. Mas ele só quer responder a você. Tive que lhe contar toda a sua vida, todas as histórias destes últimos meses, e, como prometi a ele trazê-la, me emprestou a chave de seu domínio. A alegria dele em rever você é imensa.

– Então, por que ele não está aqui?

A ausência do marquês de Talençay surpreendia Raoul cada vez mais, se bem que nenhuma razão lhe permitia atribuir importância a isso. Em todo caso, não querendo inquietar a jovem, usou de toda a sua verve e todo o seu espírito durante essa primeira refeição que faziam juntos em circunstâncias tão curiosas e em uma situação tão particular.

Sempre atento a não a deixar ressentida por excesso de ternura, sentia-se totalmente confiante por seu lado. Ela devia se dar conta de que ele não era mais o adversário que ela evitava no início, mas o amigo que só queria o bem dela. Tantas vezes já ele a tinha salvado! Tantas vezes ela se surpreendera por ver que só podia contar com ele, por ver que sua própria vida dependia desse desconhecido e que sua felicidade só seria construída segundo a vontade dele.

Ela murmurou:

– Gostaria de lhe agradecer. Mas não sei como. Já lhe devo demais para algum dia poder quitar minha dívida.

Ele lhe disse:

– Sorria, garota de olhos verdes, e olhe para mim.

Ela sorriu e olhou para ele.

– Está quite.

Às duas horas e quarenta e cinco minutos, a música dos sinos recomeçou, e o grande sino da catedral veio bater no ângulo das falésias.

– Apenas uma coisa muito lógica – explicou Raoul –, e o fenômeno é conhecido em toda a região. Quando o vento desce do noroeste, isto é, de Clermont-Ferrand, a disposição acústica dos lugares faz com que uma grande corrente de ar leve todos esses rumores por um caminho obrigatório que serpenteia entre muralhas montanhosas e atinge a superfície do lago. É fatal, é matemático. Os sinos de todas as igrejas de Clermont-Ferrand e o grande sino de sua catedral não podem senão vir bater aqui, como fazem neste momento...

Ela abanou a cabeça:

– Não – disse –, não é isso. Sua explicação não me satisfaz.

– Você tem outra?

– A verdadeira.

– Que consiste em...?

– Em crer firmemente que é você que me trouxe aqui o som desses sinos para me evocar todas as minhas impressões de criança.

– Então eu posso tudo?

– Você pode tudo – disse ela, com fé.

– E vejo tudo, igualmente – gracejou Raoul. – Aqui, à mesma hora, há quinze anos, você adormeceu.

ARSÈNE LUPIN E A GAROTA DE OLHOS VERDES

– O que quer dizer?

– Que seus olhos ficam pesados de sono, já que sua vida de quinze anos atrás recomeça.

Ela não procurou furtar-se ao próprio desejo e se estendeu na rede.

Raoul velou por um instante, à entrada da gruta. Mas, tendo consultado seu relógio, fez um gesto de enfado. Três horas e quinze: o marquês de Talençay não estava lá.

"E daí!", disse a si mesmo com irritação. "E daí! Isso não tem nenhuma importância."

Sim, aquilo tinha importância. Ele sabia. Existem casos em que tudo tem importância.

Entrou de novo na gruta, observou a garota, que dormia sob sua proteção, quis ainda lhe dirigir algumas palavras e lhe agradecer por sua confiança, mas não pôde fazer isso. Uma crescente inquietação o invadia.

Percorreu a prainha e constatou que o barco, que ele havia deixado com a proa repousando na areia, flutuava agora a dois ou três metros da margem. Teve de puxá-lo com uma vara e fez então uma segunda constatação, a de que aquele barco, que durante a travessia se enchera de alguns centímetros de água, continha agora trinta ou quarenta centímetros.

Conseguiu emborcá-lo na margem.

"Caramba", pensou, "milagre que não chegamos a afundar."

Não se tratava de uma entrada de água comum, fácil de tapar, mas de uma tábua inteira podre e *de uma tábua que havia sido colocada recentemente naquele lugar e que só estava presa por quatro pregos.*

Quem teria feito aquilo? Primeiro Raoul pensou no marquês de Talençay. Mas com que intuito o velhote teria agido? Que motivo havia para se pensar que o amigo se d'Asteux quisesse provocar uma catástrofe no momento exato em que a jovem fosse conduzida até ele?

No entanto, uma questão se colocava: por onde Talençay viria quando só havia o barco à sua disposição? Por onde ele chegaria? Haveria então um caminho terrestre que daria nessa mesma praia, embora limitado pelo duplo avanço das falésias?

Raoul procurou. Nenhuma saída possível à esquerda, o jorro de duas fontes se somava ao obstáculo de granito. Mas, à direita, bem no ponto em que o penhasco mergulhava no lago e fechava a praia, uns vinte degraus estavam talhados na rocha, e de lá, no flanco do paredão, elevava-se um ressalto natural, uma espécie de cornija tão estreita que por vezes era preciso agarrar-se às asperezas da pedra.

Raoul foi por esse lado. De espaço em espaço tinham cravado um grampo de ferro que ajudava para não se cair no vazio. E assim pôde chegar, com dificuldade, ao platô superior e se certificar de que a trilha dava a volta no lago e se dirigia para o desfiladeiro. Uma paisagem verdejante, entremeada de rochas, estendia-se em volta. Dois pastores se afastavam, levando seus rebanhos para a alta muralha que circundava o vasto domínio. A alta silhueta do marquês de Talençay não aparecia em parte alguma.

Raoul voltou depois de uma hora de exploração. Durante essa hora, ele se deu conta com desagrado, ao chegar à base da falésia, de que a água havia subido e cobria os primeiros degraus. Teve que pular.

"Estranho", murmurou, com um ar preocupado.

Aurélie deve tê-lo ouvido. Correu em sua direção e parou, estupefata.

– O que é isso? – perguntou Raoul.

– A água… – disse ela – como está alta! Faz pouco tempo ela estava mais baixa, não…? Não resta dúvida…

– É verdade.

– Como você explica?

– Fenômeno bastante natural, como os sinos.

E se esforçando por gracejar:

– O lago segue a lei das marés, que, como você sabe, provocam as alternâncias de fluxo e refluxo.

– Mas em que momento vai parar de subir?

– Em uma ou duas horas.

– Sim. Às vezes a própria gruta deve ser invadida, como prova esta marca negra no granito, que evidentemente é a cota do nível máximo.

A voz de Raoul se tornou um pouco mais grave. Acima dessa primeira cota, havia outra que deveria corresponder ao próprio teto do abrigo. O que significaria aquela? Tinha-se que admitir, então, que em certas épocas a água poderia atingir esse teto? Mas em consequência de quais fenômenos excepcionais, de que cataclismos anormais?

"Não, não é possível", pensou ele, reagindo. "Qualquer hipótese desse gênero é absurda. Um cataclismo? Só acontece de mil em mil anos! Uma oscilação de fluxo e refluxo? Fantasias nas quais não acredito. Só pode ser por acaso, um fato passageiro…"

"Que seja. Mas não foi esse fato passageiro que produziu isso?"

Raciocínios involuntários o perseguiam. Ele pensava na ausência inexplicável de Talençay. Pensava nas relações que poderiam existir entre essa ausência e a ameaça surda de um perigo que não entendia ainda. Pensava nesse barco destruído.

– O que você tem? – perguntou Aurélie. – Está distraído.

– Palavra – disse ele –, começo a acreditar que perdemos nosso tempo aqui. Já que o amigo de seu avô não vem, vamos nós até ele. A entrevista vai se realizar do mesmo jeito na casa de Juvains.

– Mas como sair daqui? A barca parece que não dá para usar.

– Existe um caminho à direita, bem difícil para uma mulher, mas de qualquer modo transitável. É só você aceitar minha ajuda e me deixar carregá-la.

– Por que não posso ir andando eu também?

– Para que se molhar? – disse ele. – Basta que apenas eu entre na água.

Fizera essa proposta sem segunda intenção. Mas percebeu que ela tinha ficado ruborizada. A ideia de ser carregada por ele, como no caminho de Beaucourt, devia ser intolerável para ela.

Calaram-se, embaraçados os dois.

Depois a jovem, que estava à beira do lago, mergulhou a mão e murmurou:

– Não… não… Eu não poderia suportar esta água gelada, não poderia.

Ela voltou para a caverna seguida dele, e se passaram quinze minutos, que pareceram um longo tempo para Raoul.

– Eu lhe peço – disse ele –, vamos embora. A situação está ficando perigosa.

Ela obedeceu, e eles deixaram a gruta. Mas, bem no momento em que ela ia se segurar no pescoço dele, alguma coisa como que assobiou perto deles, e um estilhaço de pedra pulou. Ao longe, ecoou uma detonação.

Raoul rapidamente deitou Aurélie no chão. Uma segunda bala sibilou, escavando a pedra. Em um ímpeto, ele tomou a moça nos braços e a levou para dentro, e se lançou, como se quisesse correr em direção a quem atirava.

– Raoul! Raoul! Eu o proíbo… Vão matá-lo…

Ele a agarrou de novo e a colocou à força no abrigo. Mas dessa vez ela não o largou e, segurando-o, fez com que ele parasse.

– Eu lhe peço; fique…

– Mas não – protestou Raoul –, você errou, é melhor agir.

– Não quero… não quero…

E o segurava com as mãos trêmulas. Ela, que poucos momentos antes tivera tanto medo de ser levada por ele, agora o apertava contra si com uma energia indomável.

– Não tenho medo – disse ele ternamente.

– Não tenho medo de nada – disse ela em voz baixa –, mas devemos ficar juntos… Somos ameaçados pelos mesmos perigos. Não devemos nos separar.

– Não vou deixá-la– prometeu Raoul –, você tem razão.

Ele pôs somente a cabeça para fora, para observar o horizonte.

Uma terceira bala perfurou uma das ardósias do teto.

Assim, eles se achavam cercados, imobilizados. Dois atiradores, munidos de espingardas de longo alcance, interditavam toda tentativa de saída. E eles só foram descobertos por Raoul por causa de duas nuvenzinhas de fumaça que subiam ao longe, dando-lhe tempo de discernir a posição de cada um. Pouco distantes um do outro, eles se mantinham na margem direita, acima do desfiladeiro, isto é, a cerca de duzentos e cinquenta metros. De lá, postados bem em frente, dominavam toda a extensão do lago, alcançavam o pequeno canto remanescente da praia e podiam atingir quase todo o interior da gruta. Ela se oferecia inteira aos dois, com efeito, a não ser por uma reentrância situada à direita, e onde se devia ficar agachado, e por uma funda extremidade por cima da lareira marcada por duas pedras, e disfarçada pela inclinação do teto.

Raoul fez algum esforço para rir.

– Engraçado – disse ele.

Sua hilaridade parecia tão espontânea que Aurélie se dominou, e Raoul continuou:

– Olhe para nós aqui, bloqueados. Ao mínimo movimento, uma bala, e a linha de fogo é tal que somos obrigados a nos esconder em um buraco de rato. Confesse que está tudo muito bem combinado.

– Por quem?

– Logo pensei no velho marquês. Mas não, não é ele, não pode ser ele.

– Que aconteceu com ele, então?

– Trancado, sem dúvida. Deve ter caído em alguma cilada que lhe foi preparada exatamente por aqueles que estão nos cercando.

– Quer dizer...?

– Dois inimigos terríveis, de quem não devemos esperar nenhuma piedade. Jodot e Guillaume Ancivel.

Mostrava em relação a isso uma brutal franqueza, para diminuir no espírito de Aurélie a ideia do verdadeiro perigo que os ameaçava. Os nomes de Jodot e de Guillaume, os tiros de espingarda, nada disso contava para ele perto da invasão progressiva daquela água sorrateira que os bandidos tinham agora como uma tremenda aliada.

– Mas por que esta armadilha? – perguntou ela.

– O tesouro – afirmou Raoul, que, mais ainda do que Aurélie, procurava dar a si mesmo as explicações mais verossímeis. Reduzi Marescal à impotência, mas ignorava que mais dia, menos dia teria que me haver com Jodot e com Guillaume. Eles tomaram a dianteira. Sabendo de meus projetos, não sei por qual artifício, atacaram o amigo de seu avô e o prenderam, roubaram os papéis e documentos que ele queria nos comunicar, e, desde esta manhã, nossos adversários já estavam preparados.

"Se não nos receberam com tiros quando atravessamos o desfiladeiro, foi porque os pastores andavam pelo platô. Além do mais, por que se apressar? Era evidente que esperávamos Talençay, por causa do cartão de visita e de algumas palavras que um dos dois cúmplices ali rabiscou. E foi aqui que eles nos prepararam sua emboscada. Mal tínhamos atravessado o desfiladeiro, pesadas eclusas foram fechadas, e o nível do lago foi alimentado por duas cascatas, começou a se elevar, sem que fosse possível perceber antes de quatro ou cinco horas. Mas então os pastores voltaram ao vilarejo, e o lago se tornou o mais deserto e magnífico campo de tiro. Com o barco afundando e as balas interditando todas as saídas dos sitiados, impossível empreender a fuga. E vejam só como Raoul de Limézy se deixou enrolar como um Marescal qualquer."

Tudo isso foi dito em um tom de despreocupada jovialidade, por um homem que se diverte com a primeira boa peça que lhe pregam. Aurélie estava quase a ponto de rir.

Ele acendeu um cigarro e estendeu na ponta dos dedos o fósforo que queimava.

Dois tiros sobre o platô. Depois, imediatamente, uma terceira e uma quarta. Mas os tiros falharam.

A inundação, no entanto, continuava com rapidez. Formando a praia uma espécie de bacia, a água ultrapassava a borda extrema e se espraiava agora em pequenas ondas sobre um terreno plano. A entrada da gruta foi atingida.

– Ficaremos mais seguros sobre as duas pedras da lareira.

Pularam para lá rapidamente. Raoul fez Aurélie se deitar na rede. Depois, correndo até a mesa, colocou em um guardanapo o que restara do café da manhã e colocou em uma prancha de desenho. Pipocaram balas.

– Tarde demais – disse ele. – Nada mais precisamos temer. Um pouco de paciência e sairemos daqui. Meu plano? Vamos descansar e restaurar nossas energias. Enquanto isso, vem a noite. Aí eu carrego você nos ombros até o caminho das falésias. O que fortalece nossos adversários é a luz do dia, graças à qual eles podem nos bloquear. A escuridão é a salvação.

– Sim, mas a água continua a subir durante esse tempo – disse Aurélie –, e ainda falta uma hora para ficar escuro o suficiente.

– E daí? Em vez de me recuperar apenas com um banho de pés, terei um banho até a cintura.

Era muito simples, com efeito. Mas Raoul conhecia muito bem todas as lacunas de seu plano. Primeiro, o sol acabava de desaparecer atrás do alto das montanhas, o que indicava ainda uma hora e meia ou duas de claridade. Além disso, o inimigo se aproximava pouco a pouco, tomava posição pelo caminho, e como poderia Raoul se aproximar com a moça e forçar a passagem?

Aurélie hesitou, perguntando-se em que deveria acreditar. Contra a sua vontade, seus olhos se fixavam em dois pontos de referência que lhe permitiam seguir a subida da água, e por uns instantes ela se arrepiou. Mas a calma de Raoul era tão impressionante!

– Você me salvará – murmurou ela –, tenho certeza.

– Em boa hora – disse ele, sem abandonar sua alegria –, você confia em mim.

– Sim, confio. Você me disse um dia... lembra-se... lendo as linhas de minha mão, que eu deveria recear o perigo da água. Sua predição se cumpriu. E, no entanto, não receio nada, porque você pode tudo... você faz milagres...

– Milagres? – disse Raoul, que procurava todas as ocasiões de se tranquilizar com a despreocupação de suas palavras. – Não, nada de milagres. Apenas raciocino e ajo de acordo com as circunstâncias. Porque jamais a interroguei sobre as recordações de sua infância, e porque ainda assim eu a conduzi até aqui, pelas paisagens que você já havia contemplado, você me considera uma espécie de feiticeiro. Erro. Tudo isso foi questão de raciocínio e de reflexão, e não disponho de informações mais precisas do que os outros. Jodot e seus cúmplices também conheciam a garrafa e tinham lido, como eu, a fórmula inscrita sob o nome de "Água de Juventa"[6].

"Que indicações eles tiraram dali? Nenhuma. Eu, porém, procurei me informar, e vi que quase toda a fórmula reproduz exatamente, a não ser por uma linha, a análise das águas de Royat, uma das principais estações termais da região de Auvergne. Consultei os mapas da Auvergne e descobri o vilarejo e o lago de Juvains (Juvains, contração evidente da palavra latina *Juventia*, que significa Juventude). Acabei ficando bem informado. Em uma hora de passeio e de conversas em Juvains, me dei conta de que o velho sr. de Talençay, marquês de Carabas[7] de toda essa região, devia ser o próprio centro da aventura, e me apresentei a ele como seu enviado. Assim que ele me revelou que você tinha estado aqui antigamente, no domingo e na segunda-feira da Assunção, ou seja, nos dias 14 e 15 de agosto, preparei nossa expedição para esse mesmo dia.

---

[6] Na mitologia romana, Juventa (equivalente à deusa grega Hebe) era a deusa da Juventude. (N.T.)

[7] Referência ao Marquês de Carabás (com acento, nas traduções) do conto *O gato de botas*, do francês Charles Perrault. O marquês, dono de várias propriedades, é inventado pelo gato com a intenção de favorecer seu amo, um rapaz pobre, mas bom e honesto, que assume o papel e se dá bem. (N.T.)

O vento sopra precisamente do norte, como daquela vez. Daí a escolha dos sinos. Isso é que é um milagre, garota de olhos verdes."

Mas as palavras não eram suficientes para distrair a atenção de sua companheira. Após um instante, Aurélie sussurrou:

– A água está subindo... a água está subindo... Ela cobriu as duas pedras e molhou seus sapatos.

Ele levantou uma das pedras e a colocou sobre a outra. Ficando assim mais alto, apoiou seu cotovelo na corda da rede e, sempre com o ar desembaraçado, retomou a conversa, pois tinha medo do silêncio para a jovem. No fundo, porém, apesar de dizer palavras de segurança, entregava-se a outros raciocínios e a outras reflexões sobre a implacável realidade, da qual constatava com sobressalto a crescente ameaça.

Que se passava? Como encarar a situação? Em seguida às manobras executadas por Jodot e por Guillaume, o nível da água sobe. Que seja. Mas os dois bandidos, evidentemente, não fazem mais do que aproveitar um estado de coisas já existente e que remontava sem dúvida a uma época bem recuada. Ora, não seria de supor que aqueles que tornaram possível essa elevação do nível por motivos ainda desconhecidos (motivos que certamente não seriam de bloquear e afogar pessoas na gruta) tivessem igualmente tornado possível a queda do nível? O fechamento das eclusas devia ter por corolário o estabelecimento de um ladrão de mecanismo invisível, que permitisse o escoamento da água e o esvaziamento do lago, segundo as circunstâncias. Mas onde procurar esse ladrão? Onde encontrar o mecanismo cujo funcionamento se conjugasse com o jogo das eclusas?

Raoul não era desses que fica esperando a morte. Pensava seriamente em se precipitar contra o inimigo, apesar de todos os obstáculos, ou em nadar até as eclusas. Mas, se uma bala o atingisse, e a temperatura gelada da água o paralisasse, que aconteceria com Aurélie?

Por mais atento que fosse em dissimular aos olhos de Aurélie a in-quietude de seus pensamentos, a jovem não podia se enganar em relação a certas inflexões de voz ou quanto a certos silêncios carregados de uma angústia que ela própria experimentava. De repente ela lhe disse, como que vencida pela angústia que a torturava:

– Peço que você me responda. Prefiro saber a verdade. Não temos mais esperanças, não?

– Como! Já está escurecendo…

– Mas não depressa o suficiente… Quando anoitecer, não poderemos mais partir.

– Por quê?

– Não sei. Mas tenho a intuição de que está acabado e que você sabe.

Ele disse, em tom firme:

– Não… Não… O perigo é grande, mas ainda distante. Conseguiremos escapar se não perdermos a calma nem por um segundo. É isso aí. Refletir, compreender. Quando eu tiver compreendido tudo, tenho certeza de que ainda dará tempo de agir. Apenas…

– Apenas…

– Você precisa me ajudar. Para compreender tudo, preciso de suas recordações, de todas as suas lembranças.

A voz de Raoul era premente, e ele continuava com um ardor contido:

– Sim, eu sei que você prometeu à sua mãe não revelar senão ao homem que você amasse. Mas a morte é uma razão que fala mais alto que o amor, e, se você não me ama, eu a amo como sua mãe teria desejado que alguém a amasse. Perdoe-me por lhe dizer, apesar do juramento que eu lhe fiz… Mas há horas em que não podemos mais nos calar. Eu a amo… Eu a amo e quero salvá-la… Eu a amo… Não posso admitir o seu silêncio, que seria um crime contra você mesma. Responda. Algumas palavras talvez sejam o suficientes para me esclarecer.

Ela murmurou:

– Pode perguntar.

Imediatamente ele perguntou:

– O que aconteceu daquela vez, depois de sua chegada aqui com sua mãe? Que paisagens você viu? Onde seu avô e o amigo dele as levaram?

– A nenhum lugar – afirmou ela. – Tenho certeza de ter dormido aqui, sim, em uma rede como hoje... Conversavam em volta de mim. Os dois homens fumavam. São recordações que eu havia esquecido e que agora torno a lembrar. Lembro-me do cheiro do tabaco e do barulho de uma garrafa que desarrolhavam. E depois... e depois... não dormi mais... fizeram-me comer... Lá fora estava sol...

– Sol?

– Sim, devia ser no dia seguinte.

– No dia seguinte? Tem certeza? Tudo depende disso, desse detalhe.

– Sim, tenho certeza. Eu acordei aqui, no dia seguinte, e fora estava sol. Apenas, veja... tudo está mudado... Eu me vejo ainda aqui, e no entanto era em outro lugar. Vejo os rochedos, mas eles não estão no mesmo lugar.

– Como...? Eles não estão no mesmo lugar?

– Não, a água não os cobria mais.

– A água não os cobria mais, e no entanto você saía desta gruta?

– Eu saía desta gruta. Sim, meu avô caminhava na nossa frente. Minha mãe me segurava pela mão. Escorregava embaixo dos nossos pés. Em volta de nós, havia um tipo de casas... em ruínas... E depois de novo os sinos... os mesmos sinos que ouço sempre...

– É isso... é isso mesmo – disse Raoul entre dentes. – Tudo combina com o que eu imaginava. Nenhuma hesitação possível.

Um pesado silêncio caiu sobre eles. A água marulhava com um ruído sinistro. A mesa, o cavalete, os livros e as cadeiras flutuavam.

Ele teve que se sentar na ponta da rede e se curvar sob o teto de granito.

Fora, a sombra se misturava com a luz que esvanecia. Mas de que lhe serviria a sombra, por mais espessa que fosse? De que lado agir?

Ele vasculhava desesperadamente sua mente, forçando-a a encontrar uma solução. Aurélie estava meio erguida, com um olhar que ele adivinhava afetuoso e terno. Ela tomou uma das mãos dele, inclinou-se e a beijou.

– Meu Deus! Meu Deus! – disse ele, perturbado.

Ela murmurou:

– Eu o amo.

Os olhos verdes brilhavam na semiescuridão. Ele ouvia o coração da garota bater, e nunca tinha experimentado tanta alegria.

Ela continuou ternamente, envolvendo o pescoço dele com seus braços:

– Eu o amo. Veja você, Raoul, é esse o meu maior, o meu único segredo. O outro não me interessa. Mas este aqui é toda a minha vida! E toda a minha alma! Eu o amei logo de início, sem conhecer você, antes mesmo de ver você... Eu o amei nas trevas, e é por isso que o detestava... Sim, eu tinha vergonha... Foram seus lábios que me prenderam, lá na estrada de Beaucourt. Senti alguma coisa que eu não sabia o que era e me amedrontava. Tanto prazer, tanta felicidade, naquela noite atroz, e por causa de um homem que eu não conhecia! Até o fundo do meu ser, eu tinha a impressão deliciosa e revoltante de que lhe pertencia... e que era só você querer para fazer de mim sua escrava. Se fugi de você dali em diante, foi por causa disso, Raoul, não porque eu o odiasse, mas porque eu o amava demais e tinha medo de você. Estava confusa com essa perturbação... Não queria mais ver você... e contudo eu só pensava em ver você de novo... Se suportei o horror daquela noite e de todas as abomináveis torturas que se seguiram, foi por você, por você, de quem eu fugia, e que voltava sem cessar nas horas de perigo. Eu queria você com todas as minhas forças, e a cada vez me sentia mais sua. Raoul, Raoul, aperte-me bem. Raoul, eu o amo.

Ele a estreitou com uma paixão dolorosa. No fundo, ele nunca tinha duvidado daquele amor, que o ardor do primeiro beijo lhe havia revelado e que, a cada encontro deles, se manifestava por um sobressalto cuja razão profunda ele adivinhava. Mas tinha medo da própria felicidade que sentia. As palavras ternas da garota, a carícia de seu hálito fresco o inebriavam. A indomável vontade da luta se extinguia nele.

Ela teve a intuição de sua secreta lassidão e o puxou ainda mais para perto de si.

– Vamos nos resignar, Raoul. Aceitar o que é inevitável. Não tenho medo da morte junto com você. Mas desejo que ela me surpreenda em seus braços... com a minha boca na sua, Raoul. A vida nunca nos dará mais felicidade.

Os dois braços dela o entrelaçavam como um colar que ele não pudesse abrir. Pouco a pouco, ela aproximou a cabeça da dele.

Ele resistia, no entanto. Beijar aquela boca que se oferecia era consentir na derrota e, como ela dizia, resignar-se ante o inevitável. E ele não queria. Toda a sua natureza se levantava contra semelhante covardia. Mas Aurélie lhe suplicava e balbuciava palavras que desarmam e enfraquecem.

– Eu o amo... não recuse o que deve ser... eu o amo... eu o amo...

Os lábios deles se uniram. Ele saboreou o êxtase de um beijo em que havia todo o ardor da vida e a terrível volúpia da morte. A noite os envolveu, mais rápida, pelo que parecia, desde que tinham se abandonado ao delicioso torpor da carícia. A água subia.

Desfalecimento passageiro, ao qual Raoul se entregara abruptamente. A ideia de que aquele ser encantador, que ele tantas vezes salvara, ia conhecer o medonho martírio da água que nos penetra e nos sufoca, e que nos mata, essa ideia o sacudiu de horror.

– Não, não... – exclamou ele. – Isso não acontecerá... A morte para você...? Não... Tenho que impedir tamanha infâmia.

Ela quis detê-lo. Segurou-o pelos punhos e suplicou com uma voz lamentosa:

– Eu lhe peço, lhe peço... O que quer fazer?

– Salvar você... Me salvar também.

– É tarde demais! Mas já anoiteceu! Como, então, não vejo mais seus olhos queridos… não vejo mais seus lábios… e não vou agir?!

– Mas de que maneira?

– E eu é que sei? O essencial é agir. E depois, de qualquer modo, tenho elementos de certeza… Devem existir fatalmente meios previstos para dominar, em certo momento, os efeitos da eclusa fechada. Devem existir comportas que permitam um rápido escoamento. Preciso encontrar…

Aurélie não escutava. Gemia:

– Eu lhe peço… Vai me deixar sozinha nesta noite pavorosa? Tenho medo, meu Raoul.

– Não. Já que você não tem medo de morrer, também não tem medo de viver… de viver duas horas, não mais. A água não pode atingir você antes de duas horas. E eu estarei aqui… Juro, Aurélie, que estarei aqui, aconteça o que acontecer… para lhe dizer que está salva… ou para morrer com você.

Pouco a pouco, sem piedade, ele se livrou do abraço emocionado. Inclinou-se para a garota e lhe disse apaixonadamente:

– Tenha confiança, meu amor. Você sabe que nunca faltei às minhas tarefas com você. Assim que eu tiver conseguido, vou preveni-la por um sinal… dois assobios… duas detonações… Mas, mesmo que você sinta a água enregelar seu corpo, acredite cegamente em mim.

Ela caiu sem forças.

– Vá – disse ela –, pois é o que você quer.

– Não vai ficar com medo?

– Não, pois você não quer.

Ele se desembaraçou do casaco, do colete e dos sapatos, lançou um olhar ao mostrador luminoso do relógio, amarrou-o ao pescoço e pulou.

Lá fora, as trevas. Ele não tinha nenhuma arma, nenhuma indicação. Eram oito horas…

NAS TREVAS

A primeira impressão de Raoul foi terrível. Uma noite sem estrelas, pesada, implacável, feita de bruma espessa, uma noite imóvel pesava sobre o lago invisível e sobre as falésias indistintas. Seus olhos não lhe serviam mais do que os olhos de um cego. Seus ouvidos só ouviam o silêncio. O rumor das cascatas não ressoava mais: o lago as tinha absorvido. E, naquele abismo insondável, era preciso ver, ouvir, orientar-se e atingir o objetivo.

As comportas? Nem por um segundo ele havia pensado nelas realmente. Seria loucura jogar o jogo mortal de procurá-las. Não, seu objetivo era encontrar os dois bandidos. Ora, estavam escondidos. Temendo sem dúvida efetuar um ataque direto a um adversário como ele, mantinham-se prudentemente na sombra, armados de espingardas e com todos os sentidos alertas. Onde os encontrar?

Na borda superior da praia, a água gelada lhe cobria o peito e lhe causava tal sofrimento que ele não considerava possível nadar até a eclusa. Aliás, como ele poderia manobrar essa eclusa sem conhecer o local do mecanismo?

Afastou-se da falésia, tateando, alcançou os degraus submersos e chegou ao caminho que se agarrava ao paredão.

A subida era extremamente perigosa. Ele interrompia a todo instante. Ao longe, através da bruma, uma fraca luz brilhava.

Onde? Impossível de precisar. Seria sobre o lago? No alto das falésias? Em todo caso, vinha de frente, quer dizer, das proximidades do desfiladeiro, isto é, do lugar mesmo de onde os bandidos tinham atirado e onde se devia supor que estivessem acampados. E isso não podia ser visto da gruta, o que demonstrava suas precauções e o que constituía uma prova de sua presença.

Raoul hesitou. Será que devia seguir o caminho de terra, sujeitar-se a todos os desvios dos picos e vales, galgar as rochas, descer nas cavidades, onde perderia de vista a preciosa luz? E foi pensando em Aurélie, aprisionada no fundo do horrível sepulcro de granito, que ele tomou sua decisão. Rapidamente, precipitou-se no caminho percorrido e num ímpeto disparou a nado.

Pensou que iria sufocar. A tortura do frio lhe parecia intolerável. Apesar de o trajeto não comportar mais de duzentos ou duzentos e cinquenta metros, esteve a ponto de renunciar, tal aquilo lhe parecia acima das forças humanas. Mas o pensamento em Aurélie não o abandonava. Ele a via sob a abóbada impiedosa. A água prosseguia em seu trabalho feroz, que nada podia deter ou diminuir. Aurélie percebia o murmúrio diabólico e sentia seu bafejo glacial. Que infâmia!

Ele redobrava os esforços. A luz o guiava como um estrela benfazeja, e seus olhos a fitavam ardentemente, como se ele receasse que ela se apagasse subitamente sob o formidável assalto de todas as forças da escuridão. Em contrapartida, ela anunciava que Guillaume e Jodot estavam de tocaia, e será que, virada e baixada para o lago, não serviria para perscrutar com o olhar o caminho por onde o ataque poderia se realizar?

Ele se aproximou, experimentou um certo bem-estar, devido evidentemente à atividade de seus músculos. Avançou a largas e silenciosas braçadas. A estrela crescia, dobrava de tamanho no espelho do lago.

Ele se desviou, saindo do campo iluminado. Pelo que podia julgar, os bandidos tinham se estabelecido no alto de um promontório que avançava sobre a entrada do desfiladeiro. Chocou-se contra os recifes, e depois encontrou a margem, formada de pequenos seixos, onde saiu da água.

Acima de sua cabeça, mais além, para a esquerda, vozes murmuravam.

Que distância o separava de Jodot e Guillaume? Como se apresentava o obstáculo a ser transposto? Muralha a pique ou declive acessível? Nenhum indício. Era preciso tentar a escalada ao acaso.

Começou por friccionar vigorosamente as pernas e o torso com pequenos cascalhos com que encheu a mão. Depois torceu as roupas molhadas, que em seguida vestiu novamente, e, bem disposto, arriscou-se.

Não era uma muralha abrupta nem um declive acessível. Eram camadas de rochas superpostas como o embasamento de uma construção ciclópica. Podia-se então subir, mas à custa de muitos esforços, audácia e uma perigosa ginástica! Podia-se galgar, mas os seixos aos quais os dedos tenazes se prendiam como garras saíam de seus alvéolos, e as plantas se desenraizavam, e lá em cima as vozes se tornavam cada vez mais distintas.

Em pleno dia, Raoul jamais teria tentado uma empreitada louca como aquela. Mas o tique-taque ininterrupto de seu relógio o impelia, como uma força irresistível; cada segundo que batia assim perto de seu ouvido era um pouco da vida de Aurélie que se dissipava. Precisava, portanto, vencer. Ele venceu. De repente não havia mais obstáculos. Um último andar de relva coroava o edifício. Um vaga claridade flutuava na escuridão, como uma nuvem branca.

Diante dele se abria uma depressão, um terreno em bacia, no centro da qual uma cabana meio destruída parecia a ponto de desabar. Em um tronco de árvore se apoiava um lanterna enfumaçada.

Na borda oposta, dois homens lhe viravam as costas, estendidos de bruços, inclinados para o lago, carregando nas mãos espingardas e revólveres. Perto deles, uma segunda fonte de luz, proveniente de uma lâmpada elétrica, aquela cuja claridade guiara Raoul.

Ele olhou o relógio e estremeceu. A expedição tinha durado cinquenta minutos, muito mais tempo do que ele imaginara.

"Tenho meia hora no máximo para deter a inundação", pensou. "Se dentro de meia hora eu não tiver arrancado de Jodot o segredo das comportas, nada mais me restará a não ser retornar para junto de Aurélie, como lhe prometi, e morrer com ela."

Arrastou-se na direção da cabana, escondido pela alta relva. Uns doze metros mais longe, Jodot e Guillaume conversavam em segurança absoluta, alto o bastante para que ele reconhecesse suas vozes, mas não para que ele entendesse uma só palavra. Que fazer?

Raoul tinha vindo sem um plano preciso e com a intenção de agir segundo as circunstâncias. Não tendo nenhuma arma, julgava perigoso travar uma luta, que, no final das contas, podia se virar contra ele. E, em contrapartida, perguntava-se se, em caso de vitória, a violência e as ameaças levariam um adversário como Jodot a falar, isto é, a se declarar vencedor e a entregar os segredos que ele tivera tanto trabalho para conseguir.

Continuou, portanto, a se arrastar, com infinitas precauções, e na esperança de que uma palavra surpreendida pudesse informá-lo. Avançou dois metros, depois três. Nem ele mesmo percebia o esfregar de seus corpo no chão, e assim chegou a um ponto em que as frases já formavam um sentido mais claro.

Jodot dizia:

– Ei! Não se aborreça, que diabo! Quando descemos à eclusa, o nível tinha atingido a cota 5, que corresponde ao teto da gruta, e, já que eles não tinham como sair, o *negócio* deles já estava resolvido. Tão certo como dois e dois são quatro.

ARSÈNE LUPIN E A GAROTA DE OLHOS VERDES

– Ainda assim – disse Guillaume –, você deveria se colocar perto da gruta e, de lá, espiar os dois.

– Por que não você, malandro?

– Eu, com meu braço ainda na tipoia! Já é muito eu poder atirar.

– Além disso, você tem medo daquele sujeito...

– Você também, Jodot.

– Não digo que não. Preferi os tiros de espingarda... e o expediente da inundação, já que pegamos os cadernos do velho Talençay.

– Ah, Jodot, não pronuncie esse nome...

A voz do Guillaume fraquejava. Jodot zombava:

– Galinha molhada, vá!

– Lembre-se, Jodot. Na minha volta do hospital, quando você veio nos encontrar, mamãe lhe respondeu: "Que seja. Você sabe onde aquele diabo de homem, o Limézy do inferno, foi enfiar Aurélie, e acha que, se nós o vigiarmos, chegaremos ao tesouro. Que seja. O meu filho que lhe dê uma ajuda. Mas nada de crime, não é? Nada de sangue..."

– E não houve nem uma gota – disse Jodot em tom de caçoada.

– Sim, sim, você sabe o que quero dizer, e o que aconteceu ao pobre homem. Quando existe morte, existe crime... a mesma coisa com Limézy e Aurélie; você afirma que não existe crime?

– Então, o quê, teríamos que abandonar toda esta história? Você acha que um tipo como Limézy vai lhe ceder o lugar assim, pelos seus belos olhos? Contudo, você conhece aquele danado. Ele quebrou seu braço... acabaria por quebrar sua cara. Era ele ou nós, tínhamos que escolher.

– Mas Aurélie?

– Os dois formam um par. Não havia meio de mexer com um sem mexer com o outro.

– A infeliz...

– E daí? Você quer o tesouro, não quer? Isso não se ganha fumando cachimbo, máquinas desse calibre.

– Contudo…

– Você não viu o testamento do marquês? Aurélie é herdeira de todo o domínio de Juvains… Então, o que você pode fazer? Casar com ela, talvez? Para casar, são necessários dois, meu rapaz, e tenho a ideia de que o sr. Guillaume…

– E então…

– Então, meu garoto, veja o que deve acontecer. Amanhã o lago de Juvains voltará a ser como antes, nem mais alto nem mais baixo. Depois de amanhã, não antes, visto que o marquês os proibiu, os pastores voltam. Vão encontrar o marquês, morto em uma queda do penhasco do desfiladeiro, sem que ninguém possa imaginar que uma mão lhe deu um pequeno empurrão para fazer o velho perder o equilíbrio. Então, sucessão aberta. Nada de testamento, pois está comigo. Nada de herdeiros, pois não existe família alguma. Em consequência, o Estado se apossa legalmente do domínio. Dentro de seis meses, a venda. Nós compramos.

– Com que dinheiro?

– Seis meses para arrumar são suficientes – diz Jodot, em tom sinistro. – Aliás, de que vale o domínio para quem não sabe de nada?

– E se começarem a investigar?

– Investigar quem?

– Nós.

– A propósito de quê?

– A propósito de Limézy e de Aurélie…?

– Limézy? Aurélie? Afogados, desaparecidos, não encontrados.

– Não encontrados! Vão encontrá-los na gruta.

– Não, porque nós passaremos amanhã de manhã lá e, com duas boas pedras amarradas nas pernas, vão para o fundo do lago. Nunca serão encontrados.

– E o carro de Limézy?

– Amanhã à tarde, vamos fugir com ele, de modo que ninguém saberá nem que eles vieram para estes lados. Vão pensar que a garota fugiu da casa de saúde com seu namorado e que eles viajaram não se sabe para onde. É esse meu plano. O que é que você acha?

– Excelente, meu velho canalha – disse uma voz perto deles. – Apenas um obstáculo.

Eles se voltaram, com um sobressalto de medo. Um homem estava lá, agachado à maneira árabe, um homem que repetiu:

– Um grande obstáculo. Porque, enfim, todo esse belo plano repousa em fatos consumados. Ora, o que será dele se o cavalheiro e a dama da gruta tomarem pó de sumiço?

As mãos dos dois tateavam em procura das espingardas, as Brownings. Nada.

– Armas...? Para fazer o quê? – disse a voz zombeteira. – Por acaso estão comigo? Uma calça molhada, uma camisa molhada, e pronto. Armas... entre caras valentes como nós!?

Jodot e Guillaume não se mexiam mais, atônitos. Para Jodot, era o homem de Nice que reaparecia. Para Guillaume, o homem de Toulouse. E, sobretudo, era um inimigo temível, do qual eles se julgavam livres, e seu cadáver...

– Sim, vejam só – disse ele, rindo, e afetando despreocupação –, sim, vejam só, vivos. A cota 5 não corresponde ao teto da gruta. E, aliás, se pensam que é com pequenos truques como esse que vão me vencer! Vivo, meu velho Jodot! E Aurélie também. Ela está bem a salvo, longe da gruta, e nem uma gota de água em cima dela. Portanto, podemos conversar. De resto, será breve. Cinco minutos, nem mais um segundo. Você quer?

Jodot continuava mudo, estúpido, assustado. Raoul olhou para o relógio e tranquilamente, displicentemente, como se seu coração não tivesse pulado em seu peito, oprimido por uma angústia indizível, continuou:

– Aí está. Seu plano não se sustenta. Uma vez que Aurélie não está morta, ela herda, e não vai haver venda. Se você matá-la e houver venda, estou aqui, e compro. Vai precisar me matar também. Não vai ser possível. Invulnerável. Portanto, você está encrencado. Só existe uma saída.

Fez uma pausa. Jodot se inclinou. Ele tinha uma saída?

– Sim, existe uma – declarou Raoul –, uma só: você se entender comigo. Quer?

Jodot não respondeu. Agachou-se a dois passos de Raoul e fixou nele dois olhos brilhantes de febre.

– Você não responde. Mas suas pupilas se animaram. Estou vendo-as brilhar como as pupilas de um animal feroz. Se estou propondo alguma coisa a você, é porque preciso de você? De jeito nenhum. Nunca tenho necessidade de ninguém. Apenas, depois de quinze ou dezoito anos, você continuar perseguindo um alvo que está tão perto de atingir lhe dá certos direitos, direitos que você está resolvido a defender por todos os meios, inclusive o assassinato.

"Eu compro esses direitos, porque quero ficar tranquilo, e que Aurélie também fique. Um dia ou outro, você poderia encontrar um meio de nos pregar uma peça. Não quero. Quanto você quer?"

Jodot parecia sentir um alívio. Resmungou:

– Proponha.

– Escute – disse Raoul. – Como você sabe, não se trata de um tesouro do qual cada um possa tirar sua parte, mas de montar um negócio, uma exploração, com benefícios...

– Consideráveis – insinuou Jodot.

– Concordo com você. Sendo assim, minha oferta é proporcional. Cinco mil francos por mês.

– Para os dois?

– Cinco mil para você... Dois mil para Guillaume.

Este não pôde se impedir de dizer:

– Aceito.

– E você, Jodot?

– Talvez – respondeu o outro. – Mas seria preciso uma caução, um adiantamento.

– Um trimestre serve? Amanhã, às três horas, entrevista em Clermont--Ferrand, Place Jaude, e a entrega de um cheque.

– Sim, sim – disse Jodot, que desconfiava. – Mas nada me prova que amanhã o barão de Limézy não mande me prender.

– Não, porque eu seria preso na mesma hora.

– Você?

– Caramba! A captura seria melhor do que você imagina.

– Quem é você?

– Arsène Lupin.

Esse nome teve um efeito prodigioso sobre Jodot. Isso explicava a ruína de todos os seus planos e a ascendência que esse homem exercia sobre ele.

Raoul repetiu:

– Arsène Lupin, procurado por todas as polícias do mundo. Mais de quinhentos roubos qualificados, mais de cem condenações. Você pode ver que fomos feitos para nos entender. Tenho você na mão, mas você também me tem: o acordo está feito, tenho certeza. Eu podia ter quebrado sua cabeça. Mas não. Prefiro uma transação. E, depois, vou usar você por necessidade. Você tem lá seus defeitos, mas boas qualidades também. Por exemplo, a maneira como você me perseguiu até Clermont-Ferrand é de primeira linha, porque ainda não entendi. Portanto, você tem minha palavra, a palavra de Lupin… vale ouro. Está feito?

Jodot consultou Guillaume em voz baixa, e replicou:

– Sim, estamos de acordo. O que quer?

– Eu? Nada, meu velho – disse Raoul, sempre despreocupado. – Sou um cavalheiro que procura a paz e que paga o que for preciso para obtê-la. Nós nos tornamos sócios… essa é a verdadeira palavra. Se você deseja desde já investir na sociedade um capital qualquer, fique à vontade. Tem documentos?

– Importantes. As instruções do marquês, com relação ao lago.

– Evidentemente, pois conseguiu fechar a eclusa. São detalhadas essas instruções?

– Sim, cinco cadernos de letra fina.

– E estão aí?

– Sim. E tenho o testamento também... em favor de Aurélie.

– Então me dê.

– Amanhã, contra os cheques – declarou Jodot claramente.

– Entendido, amanhã, contra os cheques. Vamos nos dar as mãos. Será a assinatura do pacto. E nos separamos.

Um aperto de mãos foi trocado.

– Adeus – disse Raoul.

A entrevista estava terminada, e contudo a verdadeira batalha ia se travar em poucas palavras. Todas as palavras pronunciadas até aqui, todas as promessas, era tudo conversa fiada para despistar Jodot. O essencial era a localização das comportas. Jodot falaria? Jodot adivinharia a verdadeira situação, a razão dissimulada do passo dado por Raoul?

Jamais Raoul havia se sentido ansioso a tal ponto. Disse negligentemente:

– Gostaria muito de ver "a coisa" antes de partir. Você não poderia abrir as comportas de escoamento na minha frente?

– Jodot objetou:

– É que, segundo os cadernos do marquês, são necessárias sete ou oito horas para que as comportas operem até o fim.

– Pois bem, então abra-as imediatamente. Amanhã cedo, você daqui, Aurélie e eu de lá, veremos "a coisa", quer dizer, os tesouros. Ficam bem perto as comportas, não? Aqui embaixo de nós? Junto da eclusa?

– Sim.

– Existe um atalho direto?

– Sim.

– Você conhece o manejo?

– Fácil. Os cadernos indicam.

– Vamos descer – propôs Raoul –, eu ajudo você.

Jodot se levantou e pegou a lanterna elétrica. Não farejara a cilada. Guillaume o seguiu. De passagem, avistaram as espingardas que Raoul, a princípio, puxara para si e depois empurrara um pouco mais para longe. Jodot colocou uma delas a tiracolo. Guillaume, também.

Raoul, que tinha segurado a lanterna, caminhava nas pegadas dos dois bandidos.

"Desta vez", dizia-se ele com uma alegria que a expressão de seu rosto trairia, "desta vez conseguimos. Talvez ainda haja alguns problemas. Mas o grande combate está ganho."

Eles desceram. À beira do lago, Jodot se dirigiu até um dique de areia e de cascalho que bordeava o pé da falésia, contornava uma rocha que mascarava um fenda muito profunda, onde um barco estava amarrado. Então se ajoelhou, deslocou algumas pedras volumosas e deixou a descoberto uma fileira de quatro pegadores de ferro que finalizavam correntes enfiadas em manilhas de cerâmica.

– É ali, bem ao lado da manivela da eclusa – disse ele. – As correntes acionam as placas de ferro fundido colocadas no fundo.

Puxou um dos pegadores. Raoul fez outro tanto, e teve a impressão imediata de que a ordem era transmitida à outra extremidade da corrente, e que a placa avançava. As duas outras experiências foram igualmente bem-sucedidas. Formou-se no lago, a alguma distância, uma série de pequenas borbulhas.

O relógio de Raoul marcava nove horas e vinte e cinco. Aurélie estava salva.

– Empreste o seu fuzil – pediu Raoul. – Ou melhor, não. Atire você mesmo... dois tiros.

– Para quê?

– É um sinal.

– Um sinal?

– Sim. Deixei Aurélie na gruta, que está quase cheia de água, e você deve imaginar o medo dela. Por isso, ao nos separarmos, prometi avisá-la, por um meio qualquer, logo que ela não precisasse recear mais nada.

Jodot estava estupefato. A audácia de Raoul e aquela confissão do perigo que Aurélie ainda corria o deixavam confuso e, ao mesmo tempo, aumentavam a seus olhos o prestígio de seu antigo adversário. Nem por um segundo pensou em se aproveitar da situação. Os dois tiros ribombaram por entre as rochas das falésias. E, imediatamente, Jodot acrescentou:

– Escute, você é um chefe. Nós só temos que obedecer e sem discutir. Aqui estão os cadernos e o testamento do marquês.

– Uma vantagem! – exclamou Raoul, que enfiou no bolso os documentos. – Faço qualquer coisa por você. Não um homem honesto, isso jamais, mas um tratante aceitável. Não vai precisar deste barco?

– Realmente, não.

– Vai me servir para buscar Aurélie. Ah, ainda um conselho: não se mostrem demais nas redondezas. Se eu fosse vocês, chegaria esta noite a Clermont-Ferrand. Até amanhã, camaradas.

Entrou no barco e fez a eles ainda algumas recomendações. Em seguida, Jodot soltou a amarra, e Raoul partiu.

"Bravos sujeitos!", disse consigo, enquanto remava vigorosamente. "Desde que a gente se dirija ao coração deles, à sua generosidade natural, eles vão fundo. Com certeza, camaradas, vocês terão os dois cheques. Não garanto que ainda haja saldo na minha conta Limézy. Mas vocês os terão de qualquer jeito, e assinados lealmente, como jurei."

Duzentos e cinquenta metros com bons remos, e após uma expedição também fecunda em resultados, não foi uma tarefa difícil para Raoul. Alcançou a gruta em poucos minutos e penetrou lá diretamente, de proa, e a lanterna na proa.

– Vitória! – exclamou ele. – Você ouviu meu sinal, Aurélie? Vitória!

Uma alegre claridade encheu o reduto exíguo onde eles tinham escapado de encontrar a morte. A rede atravessava de uma parede à outra.

Aurélie dormia ali tranquilamente. Confiante na promessa de seu amigo, convencida de que nada era impossível, escapando das angústias do perigo e dos terrores daquela morte tão desejada, ela tinha sucumbido ao cansaço. Talvez também tivesse percebido o ruído das detonações. Em todo caso, nenhum ruído a acordara...

Quando abriu os olhos, no dia seguinte, ela viu coisas surpreendentes na gruta, onde a luz do dia se misturava à claridade de uma lanterna. A água tinha escoado. No interior de um barco apoiado contra a parede, Raoul vestido com uma capa de pastor e uma calça de algodão que devia ter encontrado na tábua, entre as roupas do velho marquês, dormia tão profundamente quanto ela o fizera.

Durante longos minutos, ela o contemplou, com um olhar afetuoso e que continha uma curiosidade desenfreada. Quem era aquele ser extraordinário, cuja vontade se opunha aos ditames do destino e cujos atos tomavam sempre um sentido e uma aparência de milagres? Ela ouvira, sem nenhuma perturbação – aliás, que lhe importava? – a acusação de Marescal e o nome de Arsène Lupin lançado pelo comissário. Devia ela acreditar que Raoul não era outro senão Arsène Lupin?

"Quem é você, a quem eu amo mais do que minha própria vida?", pensava Aurélie. "Quem é você, que me salva incessantemente, como se fosse sua única missão? Quem é você?"

– O pássaro azul.

Raoul acordou, e a interrogação muda de Aurélie era tão clara que ele respondeu sem hesitação.

– O pássaro azul, encarregado de proporcionar felicidade às meninas sensatas e confiantes, de defendê-las dos ogros e das fadas malvadas e de conduzi-las ao seu reino.

– Então eu tenho um reino, meu bem-amado Raoul?

– Sim. Com a idade de seis anos, você passeou por ali. Hoje ele lhe pertence, de acordo com a vontade do velho marquês.

– Ah, depressa, Raoul, depressa, quero vê-lo… ou melhor, revê-lo.

– Vamos comer primeiro – disse ele. – Estou morrendo de fome. De resto, a visita não será longa, e não é necessário que seja. O que esteve oculto por séculos não deve aparecer definitivamente à luz do dia senão quando você for dona de seu reino.

Segundo seu hábito, ela evitou todas as perguntas sobre a maneira como ele agira. O que acontecera com Jodot e Guillaume? Ele tinha notícias do marquês de Talençay? Preferiu não saber nada e se deixar guiar.

Um instante mais tarde, eles saíram juntos, e Aurélie, de novo perturbada pela emoção, apoiou a cabeça no ombro de Raoul, murmurando:

– Ah, Raoul! Foi isso mesmo… Foi isso mesmo que eu vi da outra vez, no segundo dia… com minha mãe…

A FONTE DE JUVENTA

Que estranho espetáculo! Abaixo deles, de uma arena profunda de onde as águas não haviam se retirado, sobre todo o espaço bem alongado e delimitado pela coroa de rochas, estendiam-se as ruínas de monumentos e templos ainda de pé, mas de colunas truncadas, degraus desconjuntados, peristilos esparsos, sem teto, nem frontões, nem cornijas, uma floresta decapitada pelos raios, mas onde as árvores mortas conservavam ainda toda a dignidade e beleza de uma vida ardente. Bem lá no fundo avançava a Via Romana, via triunfal, bordada de estátuas quebradas, enquadrada por templos simétricos, que passava entre os pilares de arcos demolidos e que subia até a margem, até a gruta em que se praticavam os sacrifícios.

Tudo aquilo úmido, reluzente, vestido aqui e ali por um manto de lodo, ou então pesado de petrificações e estalactites, com pedaços de mármore ou de ouro que cintilavam ao sol. À direita e à esquerda, duas longas fitas de prata serpenteavam. Eram as cascatas que tinham reencontrado suas águas antes canalizadas.

– O Fórum... – declarou Raoul, que estava um pouco pálido e com a voz cheia de emoção. – O Fórum... Mais ou menos as mesmas dimensões e a mesma disposição. Os documentos do velho marquês continham um mapa e explicações que estudei certa noite. A cidade de Juvains se situava abaixo do grande lago. Abaixo deste, as termas e os templos consagrados aos deuses da Saúde e da Força, distribuídos todos em volta do Templo da Juventude, do qual você pode ver a colunata circular.

Segurou Aurélie pela cintura, e desceram a Via Sagrada. As grandes lajes eram escorregadias sob seus pés. Algas e plantas aquáticas se alternavam com espaços de seixos pequenos, onde às vezes se viam moedas. Raoul apanhou duas: traziam as efígies do imperador Constantino.

Mas chegaram diante do pequeno edifício dedicado à Juventude. O que dele ainda restava era delicioso e suficiente para que a imaginação pudesse reconstituir uma rotunda harmoniosa, elevada acima de alguns degraus, onde se erguia uma concha sustentada por quatro crianças robustas e bochechudas, que eram dominadas pela estátua da Juventude. Viam-se apenas duas, admiráveis de formas e de graça, que molhavam os pés na concha onde antigamente as quatro crianças lançavam jatos de água.

Grossos canos de chumbo, antigamente sem dúvida dissimulados e que pareciam vir de um lugar da falésia onde devia se ocultar a fonte, emergiam do chafariz. Na extremidade de um deles, uma torneira tinha sido soldada recentemente. Raoul a abriu. Jorrou um jato tépido, com um pouco de vapor.

– A Água de Juventa – disse Raoul. – É essa água que a garrafa apanhada na cabeceira de seu avô continha e que tinha a fórmula na etiqueta.

Durante duas horas, eles perambularam pela fabulosa cidade. Aurélie relembrava sensações antigas, extintas no fundo de seu ser e reanimadas de súbito. Já tinha visto aquele grupo de urnas funerárias e aquela deusa mutilada, aquela rua de calçamento desigual e aquela arcada toda trêmula de plantas emaranhadas, e tantas coisas, tantas coisas, que a faziam tremer de uma alegria melancólica.

– Meu bem-amado – dizia ela –, meu bem-amado, é a você que devo toda esta felicidade. Sem você, eu não teria experimentado senão desânimo. Mas, perto de você, tudo é belo e delicioso. Amo você.

Às dez horas, os sinos de Clermont-Ferrand cantaram a missa solene. Aurélie e Raoul tinham chegado à entrada do desfiladeiro. As duas cascatas ali penetravam, correndo à direita e à esquerda da Via Triunfal, e despencavam nas quatro comportas escancaradas.

A prodigiosa visita terminava. Como repetia Raoul, o que havia sido ocultado durante séculos não devia ainda aparecer à luz do dia. Ninguém devia contemplar aquilo antes da hora em que a jovem fosse sua dona reconhecida.

Ele fechou, então, as comportas de escoamento e virou lentamente a manivela da eclusa para abrir as portas de maneira progressiva. Em seguida, a água se acumulou no espaço restrito, fazendo o grande lago se derramar por um vasto lençol, e as duas cascatas jorraram fora de seus leitos de pedra. Então eles voltaram ao caminho que Raoul havia descido na véspera, à noite, com os dois bandidos, e pararam um pouco e avistaram a rápida onda que subia do pequeno lago, circundava a base dos templos e corria em direção à fonte mágica.

– Sim, mágica – disse ele –, era a palavra empregada pelo velho marquês. Além dos elementos das águas de Royat, ela contém, segundo ele, princípios de energia e de potência que fazem dela uma verdadeira fonte da juventude, princípios provenientes da radioatividade estupefaciente que dela emana e que são avaliados pela quantidade de *milicuries*, absolutamente incrível, segundo a expressão técnica. Os romanos ricos dos séculos III e IV vinham se restaurar nesta fonte, e foi o último procônsul da província da Gália que, após a morte do imperador Teodósio e da queda do Império, quis ocultar dos invasores bárbaros e proteger de seus empreendimentos as maravilhas de Juvains. Entre muitas outras, uma inscrição secreta de fato atesta: "Pela vontade de Fábio Aralla, procônsul, e para se prevenir dos citas e borussos, as águas do lago cobriram os deuses que eu amava e os templos onde eu os venerava".

"E, por cima de tudo isso, quinze séculos! Quinze séculos durante os quais as obras-primas de pedra e de mármore se esfarelaram... Quinze séculos que poderiam ter sido seguidos por outros, em que a morte de um passado glorioso se concluiria, se seu avô, ao passear pelo domínio abandonado de seu amigo Talençay, não tivesse descoberto, por acaso, o mecanismo da eclusa. Logo os dois amigos procuram, tateiam, observam, se empenham. Fazem reparos, colocam novamente em ação as velhas portas de madeira maciça que, antigamente, mantinham o nível do pequeno lago e submergiam as partes mais altas das construções.

"Aí está toda a história, Aurélie, e tudo o que você visitou com a idade de seis anos. Após a morte de seu avô, o marquês não abandonou mais seu domínio de Juvains e se dedicou de corpo e alma à ressurreição da cidade invisível. Com a ajuda de seus dois pastores, perfurou, escavou, limpou, consolidou, reconstituiu o esforço do passado, e é esse o presente que ele lhe oferece. Presente maravilhoso, que não vai lhe trazer apenas a riqueza incalculável de uma fonte a ser explorada, mais valiosa que todas as de Royat e Vichy, mas que nos dá um conjunto de monumentos como não existe mais."

Raoul se entusiasmava. Ali ainda se passou mais de uma hora durante a qual ele externou toda a exaltação que lhe causava a bela aventura da cidade submersa. De mãos dadas, eles olharam a água que subia, as colunas e as estátuas que submergiam pouco a pouco.

Aurélie, no entanto, guardava silêncio. Por fim, surpreso ao sentir que ela não estava mais em comunhão de pensamento com ele, perguntou-lhe a razão. Ela não respondeu logo; depois, passado um instante, murmurou:

– Você ainda não sabe o que aconteceu com o marquês de Talençay?

ARSÈNE LUPIN E A GAROTA DE OLHOS VERDES

– Não – disse Raoul, que não queria entristecer a garota –, mas estou persuadido de que ele voltou para sua casa na aldeia, talvez doente... a menos que tenha se esquecido do encontro.

Má desculpa. Aurélie não pareceu se contentar com ela. Ele adivinhou que, após as emoções experimentadas e livre de tantas angústias, ela refletia sobre tudo o que permanecera na sombra e que a inquietava por não compreender.

– Vamos embora – disse ela.

Eles subiram até a cabana desabada que indicava o acampamento noturno dos dois bandidos. Dali, Raoul queria chegar à alta muralha e à saída pela qual os pastores tinham deixado o domínio.

Mas, quando contornavam a rocha vizinha, ela mostrou a Raoul um pacote bem volumoso, um saco de tecido colocado sobre a borda da falésia.

– Parece que está se mexendo – disse ela.

Raoul lançou um olhar, pediu a Aurélie que o esperasse e correu. Uma ideia súbita o assaltava.

Atingindo a borda, agarrou o saco e enfiou a mão em seu interior. Alguns segundos depois, tirou dali uma cabeça e em seguida um corpo de criança. Imediatamente reconheceu o menino cúmplice de Jodot, aquele que o bandido levava com ele no saco com um furão, e enviava à caça nas adegas e através da grades e cercas.

A criança estava meio adormecida. Raoul, furioso, decifrando subitamente o enigma que o havia intrigado, sacudiu-o:

– Malandro! Foi você que nos seguiu desde a Rue de Courcelles? Hein, foi você? Jodot conseguiu esconder você no porta-malas de meu carro e você viajou assim até Clermont-Ferrand, de onde lhe enviou um cartão pelo correio, hein? Confesse... senão lhe darei uns tabefes.

O menino não compreendia muito bem o que estava acontecendo, e seu rosto pálido de moleque maldoso adquiria uma expressão estarrecida. Resmungou:

217

– Sim, foi Tonton que quis...

– Tonton?

– Sim, meu tio Jodot.

– E onde é que seu tio está neste momento?

– Esta última noite partimos os três, e depois voltamos.

– E então?

– Então, nesta manhã, eles desceram para lá, embaixo, depois que a água tinha ido embora, e procuraram por toda parte, e apanharam umas coisas.

– Antes de mim?

– Sim, antes do senhor e da mocinha. Quando vocês saíram da gruta, eles se esconderam atrás de um muro lá embaixo, lá longe, no fundo da água que tinha saído. Mas eu vi tudo daqui, onde Tonton me disse para esperar.

– E agora, onde estão os dois?

– Não sei. Fazia calor e peguei no sono. Acordei por um momento e eles brigavam.

– Brigavam...?

– Sim, por causa de uma coisa que tinham encontrado, uma coisa que brilhava como ouro. Vi que eles caíram... Tonton deu uma facada... e depois... depois não sei mais... dormi, talvez... vi como se o muro desmoronasse e esmagasse os dois.

– O quê? O quê? O que você está dizendo? – balbuciou Raoul, espantado. – Responda... onde aconteceu isso? Em que momento?

– Quando os sinos tocaram... lá no fundo... bem no fundo... olhe, ali.

O menino se inclinou sobre o vazio e pareceu estupefato.

– Oh! – disse ele. – A água voltou...!

Refletiu um pouco, e depois começou a chorar, a gritar, gemendo.

– Então... então... a água voltou... Eles não puderam ir embora, e estão lá, no fundo... e então, Tonton...

Raoul tapou a boca do menino.

– Cale a boca...

Aurélie estava diante deles, com o rosto contraído. Ela ouvira. Jodot e Guillaume feridos, desmaiados, incapazes de se mover ou de chamar alguém, tinham sido cobertos pela água, sufocados, engolidos. As pedras de um muro que desabara sobre eles retinham seus cadáveres.

– É horrível – balbuciou Aurélie. – Que suplício para esses homens!

Enquanto isso, os soluços do menino redobravam. Raoul lhe deu dinheiro e um cartão.

– Tome, olhe aqui cem francos. Você vai tomar o trem para Paris e vai se apresentar nesse endereço. Aí vão cuidar de você.

O retorno foi silencioso e, na vizinhança da casa de repouso para onde voltava a jovem, o adeus foi sério. O destino mortificava os dois apaixonados.

– Ficaremos separados por alguns dias – disse Aurélie. – Vou escrever para você.

Raoul protestou:

– Separados? Aqueles que se amam não se separam.

– Aqueles que se amam nunca devem recear a separação. A vida sempre os reúne de novo.

Ele cedeu, não sem tristeza, pois sentia que ela ficava desamparada. Na verdade, uma semana depois, ele recebeu esta curta carta:

Meu amigo,

Estou transtornada. Por acaso eu soube da morte de meu padrasto Brégeac. Suicídio, não foi? Sei também que encontraram o marquês de Talençay no fundo de uma ribanceira onde ele caiu, dizem, por acidente. Crime, não é? Assassinato...? E depois a morte horrível de Jodot e de Guillaume... São tantas mortes! A srta. Bakefield... e os dois irmãos... e, antes, meu avô d'Asteux...

Vou embora, Raoul. Não procure saber onde estarei. Eu mesma ainda não sei. Tenho necessidade de refletir, de examinar minha vida. De tomar decisões.

Eu o amo, meu amigo. Espere-me e me perdoe.

Raoul não esperou. O alvoroço dessa carta, o que ele adivinhava de sofrimento e desgosto em Aurélie, seu próprio sofrimento e sua inquietude, tudo o levava à ação e o incitava a fazer investigações.

Elas não deram resultado. Ele pensou que a jovem tivesse se refugiado no Convento de Sainte-Marie, mas não a encontrou lá. Perguntou por todos os lados. Mobilizou todos os seus amigos. Esforços inúteis. Desesperado, temendo que algum novo adversário atormentasse a garota, passou dois meses verdadeiramente dolorosos. Depois, um dia recebeu um telegrama. Ela lhe pedia que fosse a Bruxelas no dia seguinte, e marcava um encontro no Bois de la Cambre.

A alegria de Raoul foi enorme quando a viu chegar, sorridente, resoluta, com um ar de ternura infinita e um rosto livre de todas as más recordações.

Ela lhe estendeu a mão.

– Você me perdoa, Raoul?

Caminharam um momento assim, tão juntos um do outro como se não se tivessem deixado. Depois, ela explicou:

– Você já tinha me dito, Raoul, existem em mim dois destinos contrários, que se chocam e me fazem mal. Um é o destino da felicidade e da alegria, que corresponde à minha verdadeira natureza. Outro é um destino de violência, de morte, de luto e de catástrofes, um conjunto total de forças inimigas que me perseguem desde a minha infância e procura me arrastar para um abismo onde eu teria caído se, por dez vezes, você não me tivesse salvado.

"Ora, depois de dois dias de Juvains, e apesar de nosso amor, Raoul, eu estava tão cansada que a vida me horrorizava. Toda essa história que você considerava maravilhosa e fantástica adquiria para mim um aspecto de trevas e de inferno. E não era justo, Raoul?

"Pense em tudo aquilo que sofri! Pense em tudo que vi! 'Aí está seu reino', você dizia. Não quero, Raoul. Entre o passado mim e o passado, não quero que exista um único elo. Se vivi várias semanas no isolamento, é porque sentia confusamente que devia escapar dos laços de uma aventura da qual sou a única sobrevivente. Depois de anos, depois de séculos, ela termina em mim, e sou eu que tenho a tarefa de expor à luz do dia o que está nas sombras e aproveitar tudo quanto ela contém de magnífico e de extraordinário. Recuso. Se sou herdeira das riquezas e dos esplendores, também sou herdeira dos crimes e das perversidades cujo peso não poderia suportar."

– De modo que o testamento do marquês...? – perguntou Raoul, que tirou do bolso um papel e lhe ofereceu.

Aurélie apanhou a folha e a rasgou em pedaços, que voaram com o vento.

– Repito, Raoul, tudo isso está acabado. A aventura não será reiniciada por mim; teria muito receio de que ela suscitasse ainda outros crimes e outras maldades. Não sou uma heroína.

– Então o que você é?

– Uma apaixonada, Raoul... uma apaixonada que quer refazer a vida... e que a refaz por amor e nada mais que o amor.

– Ah, garota de olhos verdes! – disse ele. – É muito sério se envolver dessa maneira!

– Sério para mim, mas não para você. Fique certo de que, se eu lhe ofereço minha vida, não quero da sua mais do que o que você pode me dar. Vai conservar em volta de si esse mistério que lhe agrada. Jamais precisará defendê-lo de mim. Eu o aceito tal como você é, e você é o que encontrei de mais nobre e mais sedutor. Só lhe peço uma coisa: que me ame por tanto tempo quanto puder.

– Sempre, Aurélie.

– Não, Raoul, você não é homem de amar para sempre, nem mesmo, ai de mim!, por muito tempo. Por menos que dure, nunca conheci tal felicidade, e não tenho o direito de me queixar. E não me queixarei. Até a noite. Compareço ao Théâtre Royal. Está sendo representada *La bohème*, com uma jovem cantora recentemente contratada, Lucie Gautier.

Lucie Gautier era Aurélie.

Raoul compreendeu. A vida independente de uma artista permite se libertar de certas convenções. Aurélie estava livre.

A representação terminou – e com tantos aplausos! –, e ele foi até o camarim da triunfante cantora. A linda cabeça loira se inclinou para ele. Seus lábios se uniram.

Assim acabou a estranha e pavorosa aventura de Juvains, que, durante quinze anos, foi causa de tantos crimes e desesperos. Raoul tentou tirar do mau caminho o pequeno cúmplice de Jodot. Colocou-o na casa da viúva Ancivel. Mas a mãe de Guillaume, a quem ele havia revelado a morte do filho, começou a beber. O menino, já corrompido demais, não conseguiu reagir. Foram obrigados a interná-lo em uma casa de saúde. Dali ele fugiu, encontrou-se de novo com a viúva, e os dois partiram para a América.

Quanto a Marescal, mais ajuizado, mas obcecado com as conquistas femininas, subiu de posto. Um dia, pediu uma audiência ao sr. Lenormand, famoso chefe da Segurança. Terminada a conversa, o sr. Lenormand se aproximou de seu subalterno e lhe disse, com um cigarros entre os lábios: "Tem fogo, por favor?", em um tom que fez Marescal tremer. Imediatamente ele reconheceu Lupin.

Reconheceu-o ainda sob outras máscaras, sempre brincalhão e com um olho piscando. E a cada vez recebia à queima-roupa a pequena frase terrível, áspera, cortante, inesperada, e tão divertida por causa do efeito nele produzido.

– Tem fogo, por favor?

E Raoul comprou o domínio de Juvains. Mas, por deferência à senhorita de olhos verdes, não quis divulgar o prodigioso segredo. O lago de Juvains e a Fonte de Juventa se contam entre aquelas inúmeras maravilhas acumuladas e os tesouros fabulosos que a França herdará de Arsène Lupin...